LIVE
富士伸太
illust はる雪
【追放聖女】
応援《いいね》や祈り《スパチャ》が
力になるので
動画配信
やってみます!
【異世界⇒日本】
JN131465
バズれアリス 1
■【追放聖女】応援や祈りが力になるので動画配信やって
異世界⇒日本】
0:04:21 3066 人が視聴中 ■ライブ配信開始日 : 2020/8/20

「フォロワーパワー110万9275」

「スパチャ総額、128万6200円」

「この数字が！あなたの運命です！」

聖女 兼 配信者
アリス

LIVE
「憎悪の炎よ！
己を産み落とした者を抱きしめ愛を貪れ！
【呪炎抱擁】！」
炎の魔女
ランダ
■【戦闘動画】聖女と魔女のガチバトル!?【20階層】

「ではフライ盛り合わせを所望します、シェフ」
2人だけの収益化祝い

「少々お待ちを。
お客様」
シェフ
誠
まこと

www
草
視聴者に煽られたり、
「聖女アリスの生配信」は
今日も楽しく配信中！

酒盛りしたり、
ドラゴンさーーん!!
ドラゴンを煽ったり、
迷宮の罠にハマったり、

Get a Buzz, Alice 1

Your support and prayers are my energy, so I will try to do a video feed.

CONTENTS!

LIVE

バズれアリス 1

【追放聖女】応援《いいね》や祈り《スパチャ》が力になるので動画配信やってみます!【異世界⇒日本】

■【追放聖女】応援や祈りが力になるので動画配信やってみます!【異世界⇒日本】

0:04:21 3066 人が視聴中 ■ライブ配信開始日：2020/8/20 10054 931

Get a Buzz, Alice

Your support and prayers are
my energy, so I will try
to do a video feed.

富士伸太

illust はる雪

イラスト／はる雪

■聖女アリスの生配信

／フォロワー数：109275人　累計good評価：3385112pt

マイクを接続して……よし。
機材準備オッケーでーす。マコトさん、繋《つな》がってますかー？
あれ？　聞こえないですか？　映像は出てるんですけど……。
……あ、しまった、ミュート解除してなかったです。
これで、大丈夫なはずだけど……もしもーし。マコトさーん？
『聞こえる聞こえる。アリスはこっちの声、聞こえる？』
大丈夫です、こっちも問題ありません。
『これで準備完了だね。いつでも配信スタートできる』
あー、良かったです……。
収益化して初めての生配信で事故だなんて洒落《しゃれ》になりませんからね。
何か変なところないですか？
服とか髪とか大丈夫でしょうか。
『ばっちり。格好良く決まってるから自信を持って』
本当ですか？

本当の本当ですか？

こないだみたいに背中に値札つけっぱとかないですよね？

『じゃ、くるっと回って』

はーい。

『はいカワイイ！　完璧！　登録者どんどん増えるから大丈夫！』

えへへ……ありがとうございます。

「ちょっとそこ！　いちゃついてないで早くしなさいよね！」

ま、待ってくださいよランダ。

私一人で機材設営してるんですから、手伝ってくれてもいいじゃないですか。

あるいは他のスタッフにも入場許可を出してくれるならもっと手早くできますけど。

「ダメよ。普通の階層ならとやかく言わないけど、守護精霊と挑戦者の決闘に他人は入れたくないの。ていうかカメラ設置してあげるだけ優しいって思いなさいよ」

それはそうですけど。

「ていうか今のうちに文句くらい言わせなさいよ。あんた配信とか収録が始まるとテンション高すぎて人の話聞かないじゃない？　ていうか今もちょっと配信モードに片足つっこんでなんかあつかましいし。あと声も半音高い」

は、はぁ!?

そ、そ、そんなことないですけどぉ!?

普段は声低いみたいなこと言うのやめてくれますぅ!?

「自覚ないわけ？　あんた熱中したり驚いたりするとダミ声になるわ、プライベートでマコトと話してると半音どころか1オクターブ高いわ、びっくりするわよ。あんた、あざといのが骨身に染みついてんのよ」

1オクターブは上がってないです！

せいぜい2音か3音くらいです！

そんなことより準備の邪魔しないでください！

「こっちはあんたが挑戦したいっていうから守護精霊として付き合ってるだけで、そっちの配信の事情なんて知ったこっちゃないんだからね。カメラとかいう玩具《おもちゃ》が大事なら、戦闘に巻き込まれないようあんたが気をつけることね」

で、でもカメラ壊したら弁償してもらいますよ！　報酬が出てもそこからカメラ代引かれますし、地球側のお料理を食べられなくなっても知りませんからね！

「うぐ……わ、わかったわよ。とりあえずカメラを壊さないし、なるべく画面から出ないように戦えばいいんでしょ。けどあんたに加減はしないわよ。最深部を目指す人間に試練を課すことがあたしの使命なんだから」

お願いします。

ついでに派手な攻撃するときは少し溜《た》めて、必殺技名とか叫んでくれると嬉《うれ》しいです。

今の内に決めときますか？

「するわけないでしょ!?　いいからさっさと始めなさいよ！」

はいはい、待機コメントもたくさん来てますし、ぼちぼち始めましょうか。

カウント行きますよー。

10……9……8……7……。ポチっとな。

「なんでゼロまでカウントしないのよ！　そういうのモヤっとするんだけど！」

いいじゃないですか。

それより、コメントたくさん来てます。

『おっ、始まった』

『こんばんアリス』

『地下20階層到達おめでとう！』

『赤髪の幽霊ちゃん実在したんだ』

『今日も迫力ある戦闘を期待してます』

『やっちまえ！　ブチのめせ！』

『ファイトマネー送ります』

『病院代にしてください。もちろん対戦相手の』

こんにちはー！　アリスでーす！

待機してたみなさん！　おっまたせしましたー！

お手隙な方は、各自ご利用のＳＮＳで配信開始の呟《つぶや》きをしてくれると嬉しいです。

あっ、スターパレードチャットありがとうございます！　投げ銭と応援の声はすごくありがたいんですけど、無理しないでくださいね！

天下《てんか》一《いち》ゆみみさん、吉田《よしだ》輝和《てるかず》さん、プリンセスウイングさん、†漆黒《しっこく》の翼《つばさ》の万華《まんげ》鏡《きょう》†さん、それと、えーと、えーっと、ヤバいヤバい、目で追いきれないくらい来てます……。

ごめんなさい、たくさんスパチャしてくれてるので、後で解説編の動画のときにあらためて名前とコメントとお礼を読み上げますね。

今日は迷宮攻略の生配信なので、定点カメラで戦闘風景を楽しんでいただければと思います！

で、今回のバトルのメインウェポンはこちら！

聖剣『ピザカッター』の最新バージョンですね！

バナジウム、コバルト、タングステンなどを配合した高級素材に更に改良を加えました。

特殊コーティングを施し、ガッリガリに硬度を上げてます。あずきアイスにも勝てます。

「いいからさっさと来なさい！　舐《な》めプする気なら地獄の炎で消し炭にしてやるわよ！」

すみません、怒られちゃったので真面目にやります。

おほん……それじゃあ今日も張り切っていきましょう！

『聖女アリスの生配信』、幽神霊廟《ゆうしんれいびょう》20階層到達記念！

あーんど、収益化記念の攻略生配信です！

あなたの運命、アリスがお送りします！

「喰《く》らいなさい……【獄炎連撃】！」

って、いきなり……うわあぁーっ!?

『やべーな、迫撃砲みたいなの連射してきやがった』

『ヒュウ！　開幕からブチ殺す気だぜ！』

『決まったか!?』

『なんで何もないところから火の玉が出るんだ。つかなんでみんな当たり前に受け入れてるんだ』

『出るもんは出るんだからしょーがねーだろ』

『今回ばかりは相手が悪いんじゃないか』

「あははっ！　カメラは守ってあげたわよ。カメラは、ね」

『ほんとだ。ちゃんと回線生きてるわ』

『炎と煙でほとんど見えないけどな』

『全然見えないぞ！』

『いや、見えてきたぞ……今、何か動いた』

ごほっ、けむっ、焦げ臭っ……すぅー……はぁー。

あーびっくりした。

でもカメラを守ってくれましたね、ランダ。ありがとうございます。

もうちょっと間を置いてほしかったですけど、面白かったので許しましょう！

「なっ……どんだけ頑丈なのよ……！　ほんとは筋肉の聖女とかじゃないのあんた!?」

そんなわけないじゃないですか！

『生きてる』

『無傷じゃん』

『流石《さすが》アリスさんだ！　なんともないぜ！』

いいですか、ランダ。そして視聴者の皆さん。

我が権能は『人』。人の祈りを集め、結集し、我が力とするもの。軍の先陣を切れば我に敵《かな》う者なし。闘う者、臨む兵の星となり、前を征《ゆ》くことこそ我が使命。しかし今の私は野に下り、我が背中で戦う兵もおりません。

『そのかわりに俺たち！　同接3921名参戦！』

『頼りねえw』

『これでアリスが強くなるの流石に卑怯《ひきょう》くさい』

『なぜそれを投げ銭しながら言う』

あっ、また虹スパありがとうございます。

すみません後でちゃんと読み上げますから。

「……ハイシンとかいうのにこだわったのは、そういうわけね……異世界の連中の応援を集めて自分の力に変える聖女なんて、ヴィマの歴史の中でもあんたくらいじゃないかしら……！」

そうかもしれません。私が魔王を倒したとき、私を応援した兵は10万程度でした。しかし今の私のフォロワーパワーは10万９２７５。また現時点でのスパチャ総額、１２８万６２００円……。

うえっ、ひゃくにじゅうはちまん!?　皆さんスパチャは無理しないでくださいね？

「だから脱線するのやめなさいよ！」

こほん……それはさておきランダ！

この数字が！　皆さんが与えてくれた祈りの心が！　あなたの運命です！

◆

アリスは激怒さえできなかった。

ある出会いを迎えるまで、ずっと悲嘆に暮れていた。

かの邪智暴虐《じゃちぼうぎゃく》の王のことなど忘れ、やりたいことをやろうと決意した。

今のアリスは配信者である。

地球の料理を食べ、動画を撮影して暮らしていた。昔は邪悪に対して人一倍敏感であったものの、今や聖女としての使命に疲れ果てて心の癒やしと美味《おい》しいご飯、そしてチャンネル視聴者の増加を求めていた。

かつてのアリスは『人の聖女』。

人々の祈りや応援、願いの心を力へと変換させる権能を振るい、魔王を倒して世界を救った少女。

しかし、かつて仲間だった者に裏切られ、故国を放逐されて挫折した少女。

今のアリスは人々の応援の力を、使命のためには使っていない。自分自身のため、そしてアリスを支える仲間のため、そして地球の人々を楽しませる動画コンテンツのために使っている。

なぜすべてを失い、なぜ地球のインターネット上で活動する配信者としての復活を遂げたのか。

その経緯は、３ヶ月前まで遡る。

■檀鱒誠はレストラン経営者である

２０２０年の夏のある日。

「誠《まこと》！　ほんっとーに申し訳ない……！」

客のいないがらんとしたレストランの客室で、黒いパンツスーツに身を包む凜々《りり》しい女性が完璧な角度で頭を下げた。

「いやいや、翔子《しようこ》姉さんやめてくれ。あと座って。事情はちゃんとわかってるよ。むしろこのコロナの状況で宴会を強行するって方がおかしいから」

レストラン「しろうさぎ」経営者でありシェフの檀鱒《だんます》誠は、困っていた。

予定していた宴会が１週間前にキャンセルされた……のは予想通りだったので問題はない。飲食店の夜間営業自粛が自治体から求められており、どうやって宴会予約を断ったものか誠は悩んでいた。むしろ翔子から申し出てくれて助かっていた。

誠の頭を悩ませていたのはむしろ営業自粛の要請そのものであり、そしてその原因となっている病気の蔓延《まんえん》である。

その病気とは、コロナ。

新型コロナウイルス感染症ＣＯＶＩＤ－19であった。

「でもウチの会社、毎年この時期はあんたのところで宴会をやってたじゃないか。せめてテイクアウトで会社内で宴会しようかとも思ったんだけど、それも難しくてね……」

「気にしないでくれよ。今日もテイクアウト買ってもらったし、消毒液とかマスクとか色々と分けてもらったし。もらい過ぎなくらいだ」

「ステイホームに飽きてるから、みんなあんたのところの料理は楽しみにしてるのさ。オヤジも洋食派の洋酒派になっちまったよ」

姫宮《ひめみや》翔子はそう言って微笑《ほほえ》みを浮かべた。

彼女は近隣の工場の3代目経営者であり、同時に誠の従姉《いとこ》であった。誠より5歳年上で、姉と弟のような関係だ。翔子は両親を亡くした誠を心配し、弟分扱いしつつもよく面倒を見ていた。

「そりゃありがたい。じゃあこれ、テイクアウト用の新作メニューおまけしておくんで食べてくれる？　エビのフリッターに、小分けにした魚醤《ぎょしょう》とネギのソースが入ってるから。おまけに唐揚げも入れといた」

「こりゃ美味そうだ……けど、本当に売り上げとか大丈夫なのかい」

「ん、まあ厳しいけど補助金がちゃんと出たからなぁ。やり方教えてくれて助かった」

「簡単だっただろ？」

「おかげで100万円バッチリ」

誠は、翔子にアドバイスをもらって国に補助金を申請していた。

持続化給付金、というものだ。

コロナ禍によって売り上げの減った会社や店舗を援助するための制度であり、前の年と比べて売り上げが半分以下になった月があればこの補助金を受け取る資格がある。誠はそれにぴったりと該当し、個人事業主としては最大の100万円を手にしていた。

「100万出たってことはけっこう売り上げ下がったってことじゃないか」

「あはは、いやあそうなんだけどさ。でも材料の廃棄も減ったし悪いことばっかりじゃないよ」

翔子が溜《た》め息《いき》をつくが、誠は笑って答えた。

「だったらいいんだけどね」

「翔子姉さんこそ会社は大丈夫か？」

「ウチで作ってるのは食品工場の機械だからね。惣菜《そうざい》とか冷凍食品が増産体制になったからむしろ忙しいぐらいさ。だから、困ったことがあったら言うんだよ」

「他にも補助金は出そうだし、なんとか凌《しの》いでみせるさ。昔からある住居兼レストランだから他の店みたいに家賃負担もない。維持費は小さいんだ」

「ならいいんだけどね」

翔子は誠の言葉に頷《うなず》きつつ、店内をぐるりと見渡した。

そして店の壁に飾られた、一際大きな鏡を見つめる。

「テーブルとかインテリアは変わってもこの鏡だけは昔から変わらないね……アンティークなんだっけ？」

　2メートルを超える高さと、同じく2メートルを超える横幅の、とても大きな丸い鏡だ。鏡の縁は銀色の金属光沢を放っている。装飾などの飾り気は少ないが、それでも十分に豪華であるという印象を感じさせる。

「それが、よくわからないんだ。ウチのご先祖様から伝わってるらしいんだが、いつからなのかハッキリしなくて。少なくとも5代くらい前には遡るらしい」

「そりゃもう明治とか江戸とかの時代じゃないのかい」

「そう。だからちょっと眉唾なんだ。でも祖父《じい》ちゃんや親父《おやじ》が大事にしてきたことには変わらないし、お客さんも『でっかい鏡が飾ってある店』って覚えてもらえるし。だから店も鏡も、できるだけ大事にしたいんだ」

　誠がそう言って微笑むと、翔子もつられて笑った。

「……こうして30分ほど煮込んだものがこちらです。美味しそうでしょう？　ここから何時間も煮込んだりしなくても大丈夫ですよ。肉は十分柔らかくなってますし、やりすぎるとパウダースパイスの香りも飛んでしまいますからね。何時間も煮込んで肉をトロトロに

したいときはパウダースパイスを入れるタイミングを調整しましょう。さて、それでは実食といきましょうか」

誠は、予《あらかじ》め決めていた台詞《せりふ》を言い終え、カメラの一時停止ボタンを押した。

誠は料理人兼配信者である。地域に密着したレストランを経営する両親の元に生まれ、自分もなんとなく料理を仕事にするものと思って育った。

高校を出て調理師学校に入り、卒業後はイタリアンレストランに就職した。料理の腕を磨き経営ノウハウを覚え、自分だけの店を持つという夢を叶《かな》えるために。

だが夢を叶える前に、突然、両親が事故で他界した。

誠の手に残ったのは保険金や貯金、家屋。そして父の日記だ。日記には主に、子供への心配と期待が綴《つづ》られていた。

『飲食業はつらく厳しい。修業中であれば労働時間が長く指導も厳しく、かといって自分で店を持つようになれば常に経営の心配をしなければならない。だがそれでも息子が店を持つようになったらこんなに嬉《うれ》しいことはない』

『そのときは今の店をそっくりそのまま譲るべきか、それとも陰ながら応援すべきか。妻は「先のことはわからないわ」と笑うが、それでも期待をせずにはいられない』

これを読んだ誠は、実家のレストランを受け継ぐことを決意した。

父が得意だったオムライスやハンバーグといった洋食メニューは残しつつ、自分が覚えたイタリア料理などを取り入れた創作レストランだ。店の名前も親の代から変えず「しろうさぎ」という可愛《かわい》らしい名前で地域住民に親しまれている。

そのレストランは、開店以来初めての不景気に遭遇していた。

誠のレストランだけではない。突然のコロナの流行によって外食産業まるごと大きなダメージを受けていた。誰もが市中感染を恐れて外食を控え、自粛生活をしている。

このままでは破産する、という危機感が誠を動かした。

「動画ができたらグッズ制作にも取り掛からないとな。マグカップ欲しいって人も出てきたし……よし、頑張るぞ」

誠は補助金を申請して食いつなぐだけではなく、通常の営業以外の活動を始めた。

料理のテイクアウト販売を始めると同時に、『動画配信者になろう』という動画投稿サイトにチャンネルを開設した。

料理動画を公開して店の宣伝をしたり、自分の店のオリジナルグッズを通販したり、あるいは動画そのもので収益を得るためだ。

幸運なことに、親から仕込まれたオムレツ、またそれを応用したオムライスの作り方の動画がバズって3万人ほどのチャンネルフォロワーを獲得した。動画を見て来たという客も現れ始めた。だからこそ、動画を作り続けることが今の誠の仕事であった。

「へっくし！」

その夜、誠は料理動画の撮影作業に勤《いそ》しんでいたが、妙に体が冷えてくしゃみが出た。真夏だと言うのに妙に空気が冷たい。

「……こんな寒いならもうちょっと辛いカレーにすれば良かったな」

誠が撮影しながら作っていた料理はカレーだ。

スパイスから作る本格的な欧風カレーを、なるべく家庭でもできるようスパイスの種類や手間暇を抑えたものを考案し、調理風景を撮影し終えたところであった。

そして次は実食編……料理を食べて味を解説する動画の撮影をしなければならない。

「実食パート、俺だけだと絵面が地味なんだよな……。アクセス解析見ると、料理を作り終わったところで見るの止《や》めちゃう人も多いし……。でも自分の料理でハイテンションで美味《うま》い！　とか、リアクションするのもちょっと恥ずかしいんだよな……」

誠の料理動画は丁寧で、初心者にもやさしいと評判だ。誠の料理を自宅でチャレンジしてＳＮＳに投稿してくれるファンもいる。

だが、料理工程以外は地味だった。

雑談パートを入れた動画はあまり視聴者受けせず、実食パートについてもまったく見ないか、あるいは最初の一口目の部分だけを見て終わるという人が多い。

これはレシピとして動画を利用してくれていることの証拠でもあり必ずしも悪いことではない。だが一方で誠は思った。

動画を作ったのだから最後まで見てほしい。

そのためには自分自身に魅力が欲しい。あるいは自分でなくてもよい。実食してよいリアクションをしてくれる、個性を持った撮影パートナーが欲しい。

「俺が天下一《てんかいち》さんみたいな個性のカタマリだったらなぁ……」

それは、正式には天下一ゆみみという名の有名Ｖｔｕｂｅｒのことだ。

破天荒な発言が好評を博し、事務所に所属しない個人活動でありながら30万人以上の視聴者を獲得している。

誠は彼女のチャンネルの視聴者であると同時に、彼女も誠のチャンネルの視聴者だ。

昔、天下一ゆみみは杜撰《ずさん》な食生活が祟《たた》って体調を崩したことがあった。そこで誠が彼女のチャンネルコメント欄で、レンジ一つで作れる栄養価の高いレシピを提案したところ天下一の体調が回復した。

そして天下一ゆみみは恩返しとして、誠に動画配信の機微を教えてくれた。見やすい演出やテロップの出し方、視聴者に飽きさせない動画の構成、あるいは動画がバズったときの振る舞いや注意などだ。誠はゆみみを師として仰ぎ、そして彼女の動画を楽しんでいた。

だがテクニカルな部分は教わることはできても、個性、独自性、キャラクターというものは教えられて得られるものでもなかった。

「……ないものねだりしても仕方ないな。さっさと実食編を撮らないと……と、やべ。カメラの電池切れそうだな。電源ケーブル持ってこよ」

誠《まこと》がキッチンを出て住居スペースに戻ると、べったりした蒸し暑さが襲ってきた。

風呂場も、廊下も、蒸す。

いや、違う。ここが蒸し暑いんじゃない。店舗部分だけが、エアコンを効かせたかのように涼しい。誠は異常事態にようやく気付いた。

「幽霊でも出たか……？　いや、まさかな」

独り言を呟《つぶや》いて自嘲しながら店舗スペースに戻る。

誠はホラー現象やオカルトなどはあまり信じない方である。何かしら原因があるはずだと思い、異変がないか誠はキッチンや客席を調べた。

「窓が開いてるわけでもないし……なんだ？」

誠は違和感の正体を探した。

椅子とテーブルはいつも通りだ。変わったことと言えば消毒スプレーを入り口に設置したのと、光が反射しないように鏡にテーブルクロスを掛けておいただけだ。

そのテーブルクロスが、風に揺れている。

これもいつものことと流しそうになって、ようやく誠は鏡に注目した。

窓は閉めておりエアコンも扇風機も掛けていないのに、どうしてテーブルクロスがはためいているんだ、と。まるで鏡の内側から、空気が流れ出ているかのようだ。

ははは、と誠は乾いた笑いを出しながらテーブルクロスをはがしていく。その中から、何故《なぜ》かひんやりとした風が流れ出ている。その冷たさは決して気の所為《せい》などではない。

「……!」

そして、覚悟して鏡を見た。

その鏡にはなんとも幸の薄そうな顔をした、半裸の銀髪の美少女が映っていた。

「ゆっ、幽霊だぁあああああああ!!!!?????」

「アリス＝セルティよ！　貴様は魔王討伐に貢献した英雄でありながら野心を抱いた！　騎士たちを誘惑し、文官に賄賂を渡し、自分こそ王に相応《ふさわ》しいなどと吹聴《ふいちょう》する……。これは明白な、国家への反逆である！」

エヴァーン王国の王城の中心部。

そこに「裁定の間」があった。

まるで巨人のためにしつらえたように高い天井と、盤石な大理石の床。

だがなにより目立つのは、魔王との戦争の勝利を祝うために鋳造された巨像だ。

大神官と王自らが祝福と魔力を与えて鍛えた聖銀の聖女の像は、そこに座す者たちを厳粛な眼差《まなざ》しで見下ろしている。

そこでダモス王は、秀麗な顔を醜く歪《ゆが》ませて叫んだ。

視線の先にいるのは、鎖に繋《つな》がれた銀髪の小柄な少女だった。その少女、アリスは、ダモス王の罵声をただ黙って受け入れていた。どれ一つとして心当たりのない冤罪《えんざい》であっても、決して抗弁しなかった。

「し、しかし陛下よ……。このアリスは魔王を倒した救国の聖女の一人ですぞ。国家反逆罪の罰は死刑しかありません。こやつを殺したとあれば、聖戦で戦った兵や騎士の心が離れることも……」

裁判を見守る文官の一人が、冷や汗をかきながら言った。

それはアリスを擁護するための発言ではなかった。ただ、自分らに批判や恨みの矛先が向かうことだけを恐れていた。誰ひとり、事実無根の罪そのものからアリスを助けようとはしていなかった。

「ふん、情けない。他人の力に寄生するだけの無能に恐れおって……。しかし確かに、功績そのものは認めねばならんな」

「な、ならば」

「しかし！　この者は野心を持ち、人々を誘惑し、反乱をくわだてた！　どれだけの功績を積み重ねようとも決して消えぬ罪である！」

ダモス王は俯《うつむ》くアリスを指差し、射殺すような目つきで睨《にら》む。

「我はこの国を、この国の民を、この国の歴史を愛している。こやつも魔王を倒すために剣を取ったとき、きっとこの国を愛していたことだろう。さぞ立派なことであっただろう。多くの人間が褒めたたえ、そこに希望を見た者も多かろう……だがな！　貴様はおごりたかぶり！　神に与えられた力をもてあそび！　人々を誘惑し！　反乱を計画した！　疑いの余地はない！」

アリスにはもはや、反論する気すら失《う》せていた。

どれだけ挑発されようとも、うつむき、目をそらし、諦め、ただそこにいるだけの姿をさらしていた。

ダモス王はそれを見て、満足そうに邪悪な笑みを浮かべる。

「もし万が一アリスの反逆が無実であったならば、義憤にかられて弁護する者が現れたであろう。だがこやつを弁護しようとする者が現れないどころか、セリーヌさえも雲隠れしたようだぞ？　それこそが動かぬ証拠。こやつは聖女として認められていたのではない。兵たちを騙《だま》し、誘惑していたのだ」

「し、しかし王よ……」

文官はまだ物言いたげな態度をしていたが、ダモス王の一睨みですぐに怯《おび》えて黙った。

それを見たダモス王は表情を緩め、微笑《ほほえ》みを浮かべる。

「……しかし我もそこまで鬼ではない。本来、国家反逆罪は死あるのみ……ではあるが、そこまでは求めぬ」

「おお、それでは……」

「しかし罪に罰を与えねば示しがつかぬ！　こやつは国外追放！　幽神大砂界《ゆうしんだいさかい》へと流す！」

「な、なんと!?」

裁定の間に控える文官たちの間に、衝撃が走った。

幽神大砂界。

そこは人間の支配域から遠く離れた、最果ての砂漠である。緑がほとんど無く雨も降らないため、人も獣も住むには適さない。ガラス質の硬い砂だけがひたすらに広がる、荒れ果てた砂漠だ。

北方にあるため本来は寒冷なはずだが、輝く砂が太陽の光を照り返すため昼間は恐ろしく暑い。しかし夜は空気さえも凍《い》てつき、汗や涙さえも凍るほどに寒い。

そこに住まう者は過酷な環境に適応した異形の生物か、あるいは命なき亡者たち。そんな悪夢のような世界だ。

だがそれ以上に恐ろしいのは、砂漠の中心にある幽神霊廟《ゆうしんれいびょう》だ。

今から千年以上も昔、人間、天使、妖精族が力を合わせて打ち倒した幽神という恐ろしい神があった。

その亡骸《なきがら》が霊廟の奥深くに祀《まつ》られている。

幽神は今の世に現れる魔王などよりも遥《はる》かに強いと言われている。未《いま》だに幽神の気配が立ち込めているために霊廟内では常に恐ろしい魔物が生まれ、そして互いに争い合う地獄のような光景が繰り広げられているらしい。

もっともそれは、人の世界に害を及ぼすものではない。幽神霊廟の魔物は神にさえも通じる力を振るうことができるが、その代わりに人間が住む魔力の薄い場所では生きていけない。人の国に襲いかかることなど今までに一度もなく、あえて討伐する必要などはないはずだ。

だが、この先もずっとそうなのかはわからない……という脅威論は根強くこの国の重鎮たちの間に出回っていた。

「幽神霊廟の存在は国家を脅かす暗雲である。アリスよ。霊廟の最深部に辿《たど》り着き、魔物のことごとくを打ち倒して来るが良い。もしそれが叶《かな》ったときはすべての罪を許そう」

無理難題であった。

常人ならば1日でさえ生きていけるかどうかという場所だ。大いなる力を与えられた聖女でさえ、単身で放り込まれては生き残ることはまず不可能だ。ある意味、死刑よりも残酷な罰と言えた。

「……というところでどうだ？　魔王を倒し平和をもたらした真の聖女、ディオーネよ」

「いかに罪人と言えど、仲間だった者が死罪となるのは忍びなく心を痛めておりました……。陛下の慈しみはまさにすべての国民の心に響くことでありましょう」

王の側《そば》に控える流麗な金髪の美女が、吟遊詩人のような艶やかな声で褒め称《たた》えた。

「ほう、では異論はないな？」

「いえ、陛下。一つお願いがございます。我が権能にかけて、アリスに今一度、抗弁の機会を与えとうございます」

そのとき、雷鳴が轟《とどろ》いた。

「ほほう……権能にかけて、と申したな」

重鎮が肝を冷やし狼狽《ろうばい》する中、ダモス王は愉悦の表情で美女を見た。

彼女こそ『天の聖女』ディオーネ。

才能、風格、知性、すべてを完璧に兼ね備えた、聖女の中の聖女だ。

「アリスよ。剣を取りなさい。もし私に一撃でも当てることができれば、お前の言葉を聞き届けよう。しかし、我が権能の前に敗れ去るのであれば、粛々と罰を受けるのです。

……まだお前には祈りの力が残っているはず。戦えないとは言わせませんよ」

ディオーネは一振りの剣をアリスの足元へと投げつける。

アリスは躊躇《ためら》いながらも剣を取った。

この場にあって剣を取る以外の選択肢などはないことをすぐに理解した。

ディオーネはそれを見届け、音もなくふわりと宙へと浮かんでいく。

「雷鳴よ轟け！　すべてを焼き尽くす聖なる力よ、我が剣へと宿れ！」

ディオーネは自分の権能を操って何十もの稲妻を降らせ、そしてそのすべてを自分の振るう剣に集中させた。

雷鳴が窓を突き破り、天井に穴を開け、目を焼くほどの閃光《せんこう》が迸《ほとばし》る。余波で身を守る術《すべ》

のない兵や文官が倒れたが、天の聖女の権能の前には些事《さじ》でしかなかった。

「喰《く》らえ、我が雷の刃を……！」

ディオーネの最強の一撃を、アリスは魔力を放って全身全霊で受け止めた。

いや、受け止めるしかなかった。

反撃する余力など消耗したアリスに残っているはずもなく、同時に、反撃をする権利もない。

気付けば閃光は止《や》んでいた。

そこにあるのは、剣を粉々に砕かれて呆然《ぼうぜん》と立ち尽くすアリスの姿だけであった。

「……流石《さすが》はディオーネ。その端女のように権能に溺れるのみならず、権能と同時に最強の剣技を使いこなすお前に勝てるものはおるまい。流石は雷剣のディオーネ。流石は魔王を倒した本物の聖女だ」

それは嘘《うそ》だ。

本当に魔王を打ち倒したのは、アリスだった。

魔王との決戦に居合わせた者のみが知る秘密である。

あるいは王もまた知っているかもしれないが、知っていたとしたら王もまた謀略の共犯者だ。アリスが魔王を倒したと訴えても無駄になるどころか、ますますアリスに重い罰を求めてくるだろう。アリスに親しい人に不幸が訪れることさえありえる。

ゆえにアリスは抗弁など一切せず、こうした機会に反抗するなどもっての外であった。

アリスの故郷。

アリスが育った孤児院。

アリスへの刑罰に反対する戦友。

今や、すべて人質に取られているも同じだ。アリスはこの裁定の間に出る前に「家族や友を失いたくはあるまい」と何度も脅されていた。

だからアリスは、諦めることにした。

元より栄誉、栄達のために戦ってきたわけではない。

今のアリスの心の中にあるのは怨恨や怒りではない。

剣など持たなければ良かったという寒々しい後悔だった。

裏切り者たちの哄笑《こうしょう》が響き渡る。

それは、ほんの一時の栄華をむさぼる愚者の幸福であり。

王国滅亡を告げる予言であった。


王都から国境まで、徒歩の道のりとなった。

「ここから先は一人になります。良いですか」

アリスは、護送隊の隊長の言葉に小さく頷《うなず》いた。

「……はい、わかりました」

囚人の護送でありながら、奇妙な旅路だった。

通常の囚人であれば格子付きの荷台に乗せて馬車で引き、晒《さら》し者《もの》にするものだ。しかし今は、荷台どころか馬さえもない。みすぼらしいローブを羽織り、徒歩で移動していた。

王はアリスを信奉する人間によって奪還されることを恐れたのだ。他にも偽の馬車を四方八方に走らせ、当の本人には旅人に偽装させるという念の入れようであった。

「誰も助けに来ねえ。まったく寂しいことだな」

護送隊の兵の一人が、アリスをせせら笑った。

「おいよせ」

「みんな、なんでこんな小娘にびくついてるんだ。理解できねえよ」

そのせせら笑いに、アリスは眉一つ動かさなかった。この程度の嘲笑で動かす心など、とっくに持ち合わせていない。むしろ慌てたのは護送隊の他の兵士や護送隊長だ。

「馬鹿野郎が……見たことねえのかお前」

護送隊長の問いかけに、兵は素直に尋ね返した。

「何をですか？」

「せい……いや、アリスの力に決まっているだろう」

今やアリスを聖女と呼ぶことは禁じられている。

部下をたしなめようとした隊長は、慌てて言い直した。

「力ぁ？　祈りや応援を力に変えるって言ったって……それがどうしたんですか。魔王を倒したのだってディオーネ様じゃありませんか」

隊長は、アリスを侮る部下の愚かさに溜《た》め息《いき》をついた。

魔王にまつわる話は、10年前に遡る。

死霊術師ゼラフィーという男が邪神と契約し、リッチという高位種族に転生した。そして数多《あまた》の死霊を使役してエヴァーン王国に宣戦布告。国土を荒らし、数多くの人間の命を奪い取った。

エヴァーン王国の国教、聖水教は死霊術師ゼラフィーを『人の世に仇《あだ》なす魔王である』と認定し、聖戦宣言が出された。

聖戦宣言とは、聖水教と国が力を合わせて「必ずや魔王を討つべし」と誓う宣言である。そのために国中の村や町から若者が兵として集められ、同時に「聖者選抜」という儀式がなされた。

魔王が生まれるとき、人々の間にも聖なる力を宿す者が現れるためだ。それを聖者、あるいは聖女と呼ぶ。たがそこには身分や性別、血筋などの法則性のようなものはなく、聖職者がひたすらに多くの人間を調べるしかない。

その調査の結果、3人の聖女が選定された。

一人目は「天の聖女」。
天候、気象を操る権能を与えられし者。
あるときは雲と風を操って嵐を巻き起こし。
あるときは暖かな陽光で町を照らし雪を溶かす。
そして太陽の光を集めて魔物や亡者を灼《や》き尽くす、自然の猛威の化身。
ディオーネ＝エヴァーン＝トレアス。
二人目は「地の聖女」。
大地を操る権能を与えられし者。
あるときは土と水を操って川の氾濫や地のゆらぎを鎮め。
あるときは鉄と岩石の砦《とりで》を作り出して人を守る。
そして農地に滋養を与えて麦や薬草を芽吹かせる、自然の恩恵の化身。
セリーヌ＝エヴァーン＝ウェストニア。
三人目は「人の聖女」。
人々の心を繋《つな》ぐ権能を与えられし者。
地の聖女や天の聖女のような多岐にわたる異能は持たない。
与えられたのはたった一つの力。
多くの人々の祈りを結集することのみ。

アリス＝セルティ。

聖戦に関わった者は3人を惜しみなく称賛する。

もっとも多くの人が褒め称えるのは天の聖女ディオーネだ。彼女の必殺技『聖雷』は、大きな雷雲をその場に召喚し、そこから聖なる属性を帯びた雷撃を数百以上も撃ち出すという強力なもので、誰よりも多くの死霊兵を倒した。

また、数十、数百の雷を剣に宿して斬撃を放つ天下無双の一撃、『雷剣』で魔王を倒した……とされている。

その次に称賛が多いのは、地の聖女セリーヌだ。彼女の秘技『緑手《りょくしゅ》』は大地を活性化させ数百倍の速度で植物を育てる。これにより多くの食料が生産され、兵士のみならず多くの国民が彼女に救われた。

そして、最後にアリスだった。

アリスの権能は、同じ戦場にいた者にしか理解できない。だが聖女たちと共に戦った兵士であれば誰もがアリスを一番と褒め称える。一人一人の称賛の強さは、アリスがもっとも大きかっただろう。

理由は単純だ。

アリスだけは兵士たちと共に、同じ戦場に立っていたからだ。

アリスは祈りや応援を集めて増幅し、力に変えることができる。そして自分自身を大ききく強化したり、あるいは共に戦う仲間や軍団の力を大きく向上させることができる。

だがそのためには、戦場にいる兵士たちすべてがアリスの姿を見て、祈りや応援を捧《ささ》げる必要があった。空を飛び敵を討つディオーネや後方で食料や物資を増産するセリーヌとはそこが違っていた。

戦争において、すべての仲間の目に見える場所とはどこか。

それは、最前線だ。

アリスは、数万の軍勢と軍勢がぶつかり合う瞬間、一番先頭に立って歩かなければならなかった。

アリスの背後に控える親衛隊が命がけでアリスを守る態勢にはなっていた。だが開戦の瞬間、アリスの隣には誰もいない。ぽつんと、たった一人で、一番前にいた。一度戦争が始まれば、数万の死霊兵がまっさきにアリスに襲いかかってくる。

アリスは、そんな地獄のような光景を何度も乗り越えてきた。

しかも兵士たちから祈りの力を集めたところで、アリスが元々使えない力が宿るわけではない。腕力や体力が大きくなることはあっても、剣術や弓術をいきなり習得できるわけではない。火を放つ魔法を他人の百倍、万倍の力で撃てるとしても、まず自分自身がその魔法を覚えていなければ意味がなかった。

だから、もっとも訓練が必要だったのはアリスだ。

聖女であると認められる前は、人よりちょっとだけおてんばな、ただの村娘だったアリスだ。

アリスは戦いのない日、早朝も夕方も剣を振り、魔法書を読み、自分を鍛えた。「お前みたいなチビが聖女だって？　どんなペテンを使ったんだ？」と鼻で笑う陰険な兵士もいた。「きみのような少女が死ぬのは忍びない。厩舎《きゆうしや》の鍵を夜中開けておくから、馬を奪って逃げなさい」と諭す優しい兵士もいた。

それでも必死に続けた鍛錬と、誰よりも前を歩く勇気は、やがて兵士たちの心を摑《つか》んだ。有象無象の敵兵を倒したのはディオーネであっても、絶大な力を持つ魔王や魔王の側近を倒したのは、ほとんどアリスとその仲間たちであった。

共に戦った兵士は「アリスこそ勝利の女神」、「真の聖女だ」と褒め称《たた》える。

戦場にいなかった人間とは深いところでわかりあえない感動であり、それこそが王が警戒したものだった。事実、アリスの醜聞と追放刑が伝えられても、信じない兵士は多かった。

しかしアリスの件で抗議する者に王は容赦なく罰を与え、そしてアリスを脅迫した。大人しく刑を受けないのであれば、お前に味方するものをことごとく殺してやると。

「……ともかく、囚人が誰であろうが、俺たちに与えられた任務は無事に国境まで彼女を送り届けることだ。罰を与えるのは俺たちの仕事じゃない。先に休んでて構わんから宿に戻ってろ」

「……隊長、それは命令ってことですかい？」

兵が、いかにも不満ありげに言い返した。

「そうだ。その方がお前の本来の仕事をしやすいだろう。好きにしろ」

「……妙な真似《まね》をしたら報告しますぜ。わかっておりますね。俺が合図を送るか、俺の身に何かがあればすぐさまディオーネ様が来る手筈《てはず》になっていることを」

「だから、好きにしろと言っている」

「……ちっ」

兵は不満を隠しもせず、命令に従ってこの場から立ち去った。

だがそのおかげで、ほっとした空気が流れた。

「申し訳ない……聖女様。俺たちには止めることができなかった」

護送隊長が、アリスに向き直って詫《わ》びた。

だが、アリスは首を横に振る。

「お互いに聖戦を生き延びて拾った命、無駄にしてはいけません。私も……ここまで来たならば未練はありませんから」

アリスは、さっぱりとした顔で告げた。

「諦めてはなりません！　今ここにセリーヌ様が来ずとも、いつの日にかは……！」

「今日この日まで、セリーヌは来てくれませんでした……。きっと、もう生きてはいないのでしょう。ならば私も潔く諦め、やるべきことをやるしかありません」

アリスの心残りは、地の聖女セリーヌの安否であった。

セリーヌは傍系とはいえ王族の一人であり、多大な功績を上げた聖女だ。公明正大であり慈愛に溢《あふ》れた人格は誰もが褒め称え、きっとダモス王の圧政を打倒してくれるだろうと誰もが信じた。

アリスが投獄されるときもセリーヌは「みんなを救ってみせるから、私を信じて待っていて欲しい」と告げた。

しかしあるときを境に、セリーヌの消息はぷっつりと途絶えた。

まるで人知れず殺されでもしたかのように。

「……それで、この先が幽神大砂界なのですね？」

「は、はい。間違いありません。ここから先はもはや人間の支配地の外です……。この程度の物が助けになるかはわかりませんが……」

護送隊長が、アリスに旅の道具を渡そうとした。

だがアリスはそれを見て眉をひそめた。

「これは……いけません」

アリスは食料と水、そして胸当てなどの防具や靴を確認して大事そうに受け取る。

しかし剣だけは受け取ろうとせず、首を横に振った。

「ご心配なさらず。名剣や魔剣ほどではなくともお役に立てるかと思います」

「そういう意味ではありません！　あの者も、妙な真似をすれば報告すると言ったばかりでしょう……！　私を助けようとしたことが王に知られれば、あなたまで……！」

剣は、明らかにこの護送隊長の好意だった。

王による嫌がらせで、本来アリスには粗悪な剣を渡されるはずだった。アリスは王都の牢獄《ろうごく》にいる間、その話を看守から聞かされていた。だが、今目の前にあるものは傷一つなく、よく研がれている。新品であり、そして上質な剣だ。

「王の命に従って粗末なものを渡せば、私が戦友から恨まれましょう。……なにより、私自身、心苦しいのです。この程度の餞別《せんべつ》しか用意できないことが」

「私は、私にできることをしただけです。気に病むことはありません」

「それでも、恩を仇で返さねばならない自分が恨めしくてなりません。私が言う資格もありませんが、どうかお気をつけて」

アリスはついに折れて、剣を受け取った。

今からたった一人で、国境から目的地へと旅立つ。目指すは幽神大砂界。今いる国境からまっすぐ北に進み、3週間ほど歩けば着くはずだ。

恐らくアリスは、このときの施しがなければすぐに首を吊《つ》るか手首を切るかしていただろう。

　ほんの少しの優しさが、彼女の足を動かした。

　しかし、道程はあまりにも過酷だった。

　エヴァーン王国の国境から北に1日歩いたあたりで、森や草木といった深緑が景色から消失した。そこから先にあったのは、ひたすらに真白い砂漠の光景だ。一歩一歩大地を踏みしめる度に、ガラス質の砂がこすれあう不思議な音を立てた。

　神々の古代文明が大量に作り上げたガラスや水晶が粉々に砕け、さらに数百年かけて破片同士がぶつかってさらに小さな丸い粒となった。

　それが幽砂《ゆうさ》の正体だ。

　宝石のように美しく、しかし、植物や動物を一切育てない幽霊のような砂。その粒が大量に積もり積もったために出来上がった砂漠が幽神大砂界であった。あたり一面、まるで宝石を散りばめたがごとく眩《まぶ》しい景色が広がってる。

　自然の凄《すさ》まじさにアリスは感動しつつも、険しい旅の予感に警戒を強めた。どんなに美しくとも、いや、美しいからこそ危険である。人知を超えた神の威光が色濃く残る神話の世界そのものだからだ。

「てやああっ！！！」

アリスが襲いかかってきた魔物に剣を振るい、両断した。

金属がこすれ合うような耳障りな音が響き渡る。

倒したのは、硬い甲殻に覆われたクモの魔物、クリスタルスパイダーだ。人よりも高い体高、馬よりも長い体長でありながら、8本の足で砂の上を跳躍し翻弄する。

その緑色の宝石のような甲殻は鋼よりも硬い。そこらの兵ではまず太刀打ちできない恐ろしい魔物だ。しかし、現状のアリスは問題無く対処できた。

「……祈りの力が、まだ少しだけ残っていますね」

アリスは、自分の手を開き、握り、己の力を確かめる。

人の聖女とは、祈りや応援を自分の力に変換することができる。魔王との最終決戦においては兵士10万人の祈りを受け取ることができた。一人一人の祈りの力は僅かだが、万単位ともなれば絶大な力を発揮する。その力を振るい、魔王を倒すことさえできた。

しかしその力は、魔王との戦いで8割以上を使い果たした。ディオーネの雷剣を防いだことで更に目減りしている。残った力は全盛期の1割といったところだろう。

「……いえ、ここで挫《くじ》けるわけには参りません」

そこからまたアリスは数日間歩き続けた。

体力と魔力の消耗を避けるため、夕方と早朝の僅かな時間だけを移動に費やした。酷暑となる真昼、極寒となる真夜中は、魔物の警戒と休養にあてた。ゆっくりと、だが一歩一歩確実に進んでいった。

王や天の聖女などアリスを陥れた人々は、幽神霊廟《ゆうしんれいびょう》にたどり着く前に死ぬだろうと予測していた。すでに彼らの予想は覆している。

「ここが……」

幽神霊廟。

千年が経てなお美しい姿を保つ、神の寝所。入り口は大きく、人の背丈の10倍はあるだろう。まさしく人ではなく神が出入りするための設計であった。

入り口の左右にある白い柱はあまりにも雄大だ。

柱の近くには、門番のように佇《たたず》むガーゴイルの石像があった。頭は鋭い眼光の鷹《たか》で、首から下は人間の男の体をしている。雄々しい筋肉の膨らみや身にまとう服の質感など、まるで生きていると錯覚するほどに生々しい。

霊廟の入り口付近の壁には、神話に現れる神々や、神々同士の戦争を示す壁画が刻まれている。これらを解読するだけで研究者がその一生を費やすことだろう。

人の手で作った城などが児戯に等しいと思えるほどに、美しく荘厳な建物だった。

しかもここは地表に露出したごく一部であり、あくまで玄関に過ぎない。

霊廟の本来の姿は、地下100階層にも及ぶ史上最大の迷宮であった。ここまでの道程とは比べ物にならないほどの過酷な環境、そして困難な敵が待ち構えている。全盛期の10

万の祈りを受け取ったアリスならまだしも、現状の力量で挑むのは自殺行為だった。

「……死に場所としては、豪勢過ぎますね」

アリスの口から微笑《ほほえ》みがこぼれた。

自分の幸運もここまでであり、運命が定まる時が近いと悟った。

それはようやく死ぬことができるという、諦めに満ちた安堵《あんど》であった。

霊廟の入り口から中心に向かって、大きな通路が伸びている。

中心部には大きな下り階段と、更に奥へ進む通路があった。

アリスは、地下に降りるのは早いと考えて奥の通路へ進んだ。通路は、古代の人間の生活拠点につながっていた。水場や寝台、あるいは備蓄を保管するための倉庫や、おそらくは貴重品を管理するための宝物庫などがある。

「……これは、すごい」

宝物庫らしき場所はほとんど空で、井戸らしき場所の水も涸《か》れきっていたが、唯一残されていたものがある。

それは、大きな大きな、円形の『鏡』だった。

高さは人の背丈よりも高く、横幅も同じように広い。

貴族が姿見とするにしても大きすぎる。

くもり一つなく美しく磨き上げられた表面は、アリスが今まで一度も見たこともないものだった。

アリスはその素晴らしさに感動する一方で、ひどく落胆した。

「我ながらひどい姿ですね……」

マントは砂ぼこりと魔物の血で無残に汚れきって、もはやボロ布だ。当然ながらマントの下の衣服や靴もひどい有様で、聖女と謳《うた》われたことがありながらなんとみすぼらしいのだろうとアリスは嘆いた。

だがもっとも酷《ひど》いのは顔つきだった。

冤罪《えんざい》による虜囚生活と1ヶ月にわたる旅によって、アリスは自分自身でも笑いが出るほどに暗い顔をしていた。

アリスは、男に言い寄られることが少なかった。

聖女となる前の14歳の頃は少年たちからちんちくりんと馬鹿にされ、聖女として認められて軍に入ってからはそれどころではなかった。

それで何の問題もなかった。異性のために剣を振るったことなどない。すべては魔王を倒し平和をもたらすためで、色恋にうつつを抜かす暇などあるはずがない。むしろ兵士の男たちに交ざるために、自分が男であるとさえ思い込もうとした。

気付けば少女らしさやうぶさなど消え、裸で水浴びする男を見ても笑い飛ばすことさえできるようになった。お気に入りの娼婦《しょうふ》の元へ足繁《あししげ》く通う兵士をからかうことさえあった。

なんともむさ苦しい青春を送ったものだとアリスは自嘲する。

実際のところ、兵士たちはアリスと付き合うことを固く軍規で禁じられており、少しでも口説こうとしたものは厳罰が課せられた。

更には、アリスを妹のように可愛《かわい》がる兵士たちがお互いに牽制《けんせい》しあってナンパから守っていたという事情があったのだが、どちらもアリス本人には徹底的に伏せられた秘密だった。

「体くらいは清めておきましょうか……」

ともあれ、アリスは自分に、女性的な魅力が備わっているなどこれっぽっちも思っていなかった。せめて身を清めようと思ったのも自分の女性らしさのためではなく、死を目前にした礼儀作法のようなものに近かった。

アリスは衣服を脱ぎ、魔法で水を出して頭から被《かぶ》った。

そして手拭いで丁寧に身を清めていく。

一通り体を洗ったあたりで布一枚を羽織った。

服やマントも洗濯して、すべて清潔にしてから地下へ進む。

そして、そこで死のう。

そう思った瞬間、アリスははたと気付いた。

「……この鏡、おかしいですね？」

鏡に映る動きが、ほんの少しだけ現実よりも遅れる。

時間にして0・1秒にさえなるかどうか。

常人ならば気付かない。鍛錬を積んだアリスだからこそ違和感に気付いた。

「これは……鏡に偽装した魔道具ですか」

アリスは地の聖女セリーヌから様々なことを教わっていた。

セリーヌは、王家に連なる高貴な身分でありながら博愛の心の持ち主で、低い身分から取り立てられたアリスを見下したりはしなかった。そして学のないアリスに根気よく様々な物事や学問を教え、やがてアリスはセリーヌを師匠のように敬愛し、姉のように親愛を抱くようになった。

アリスはそんなセリーヌとの雑談の中で、「古代の遺跡には、防犯のために魔道具を日用品に偽装していることがある」と聞いたことがあった。

たとえば、ただのティーカップと思いきやすぐさま熱い湯を沸かす魔道具だったりする。あるいはごく普通の簞笥《たんす》かと思いきや、「ここではないどこか」に繋《つな》がっていて見た目の何倍もの衣服をしまうことができたりする。

古代人がなぜそんなことをしたのかはわかっていない。盗人の目をごまかすために一般的な調度品に紛れ込むような外見にしたとか、いかにも魔道具らしい魔道具は成金をひけらかすようで無粋とされたとか、様々な説がある。

だが今大事なことは、『鏡』は見た目通りの鏡ではないということだ。

「……どういう魔道具でしょうか？」

アリスは、鏡をぺたぺたと触った。

手触りはただの金属の鏡で、ひんやりとした感触がアリスの手に伝わる。

そして、『鏡』の縁の部分に不思議な宝玉があることに気付いた。

そこに手を当てた瞬間、『鏡』が強烈に輝き始めた。

「な、なに……!?」

だが、すぐに光は収まった。

そのかわり、『鏡』が鏡の役割をしなくなった。

『鏡』の目の前の光景ではなく、どこか別の場所を映している。

白いカーテンが揺れていてよく見えないが、恐らくはどこかの『部屋』だ。

屋内であり、音が聞こえる。

『肉をトロトロにしたいときはパウダースパイスを入れるタイミングを調整しましょう。

さて、それでは実食といきましょうか』

男性が妙に芝居がかった声で話をしているのが耳に届く。

同時に、火を使う音も聞こえた。

妙に食欲をそそる、香ばしい匂いも漂う。

料理でもしているのだろうか。

思わずアリスのお腹《なか》がぐうと鳴った。

アリスは、このカーテンをどけられないだろうかと手を伸ばす。

しかし、鏡の向こうに手をのばすことができなかった。

手が向こう側に届かない。

『鏡』の表面に手がぶつかり、それ以上進まないのだ。

「……見るだけ、ですか」

落胆を覚えつつも、アリスはなんとなく『鏡』の機能がわかってきた。

これはおそらく、どこか遠くの場所を映すことができるのだ、と。『遠見』や『千里眼』の魔法を魔道具にしたものとアリスは推測する。

『鏡』の向こうの誰かが私に気付かないだろうか。いや、でも向こうからこちらが見えるという保証もない。見えたとして、人間であるという保証もない。恐ろしい邪神や魔人の可能性もある。

様々な想像が、アリスの頭の中でぐるぐると回り始める。

「でもおかしいですね。見るだけならば、なぜ匂いがこっちまで……？」

本来なら、強く警戒するべきところであった。

しかしアリスは大砂界を渡る旅の間、ひたすらに孤独だった。

誰かと話せるならばなんだっていいとさえ思うようになっていた。

その気持ちが通じたのだろうか。

カーテンの向こう側で、誰かがこちらに近づいてきた。

人影がすぐ間近にある。

その誰かの手で、カーテン……実際はテーブルクロスが外されていく。

「あっ」

するとそこには、あっけにとられた人間の顔があった。

黒髪の、どこかひょうひょうとした感じの男性だ。

よくアイロンを効かせた皺《しわ》のない白いシャツに、同じく皺のない黒いズボン。

ズボンの上にはこれまた黒いエプロンを着けている。

アリスにとって初めて見る服装だが、なんとなく「料理人なのだろう」と察した。

服装の清潔さに加えて、仕事人らしいごつごつした手。決して太っているわけではないが、毎日鍋を振るっているであろう肩の大きさや腕の太さが、服の上からでも見て取れた。

戦士にありがちな険しい顔はしていないが、かと言って暴利を貪る貴族にありがちな、脂ぎった顔などもしていない。日常を真面目に生きる人が持つ、他人への優しさと仕事への厳しさが雰囲気として伝わってくる。

だがそれ以上にアリスにとって重要なことがある。

魔物でもない。悪魔や魔王でもない。

紛れもなく、ごく普通の人間であることだ。

「えーっと……その……」

ど、どうしよう。

なんて声をかければよいのか。

というか『鏡』の向こうが、普通の民家になっているなんて。

……ということは、私は民家を覗《のぞ》こうとしていたってこと？

そこまで気付いたアリスは、詫《わ》びの言葉を呟《つぶや》き掛けた。

「す、すみませ……」

「ゆっ、幽霊だぁあああああああ！！！！？？？？」

だがアリスの言葉は、男の絶叫によってかき消された。

「落ち着いてください。幽霊ではありません」

アリスの言葉に、目の前の男がぴたりと動きを止めた。

アリスの頭の先から爪先までまじまじと見て、ようやく幽霊や化け物の類ではないと納得したようだった。そして突然焦って頭を下げる。

「あっ、ご、ごめん！」

「こちらこそいきなり覗いてしまったようで、すみません」

「覗いて……っていうか……。いや、こっちが覗きみたいなものでは」

「え？」

アリスはそう言われて、初めてあられもない姿の自分に気付いた。

布一枚を羽織っただけの、ほぼ裸のような姿だ。

「あっ、そ、その……。まじまじと見ないで頂けると。服は今、洗濯していて……」

しまった、と思った。

アリスはこんなところで生身の人間と会うなどまったく考えてもいなかった。

恥じらいを覚えて背をそむけたところで、男が叫んだ。

「だー！　わかった！　服、持ってくるから待ってて！」

男がどたばたと足音を立てて鏡の前から姿を消した……と思いきや、布やら何やらを持ってきた。それら全部を乱暴にアリスの方へ投げつける。随分と肌触りが良く暖かそう服だ。それが4着も5着も投げ込まれた。

「あれっ、通り抜けた……？」

先程は指先一つさえ通り抜けられなかったのに、ごく当たり前のように服が通り抜けた。

不思議に思い、アリスは鏡を触る。やはり通り抜けることはできない。

「あ、なるほど。人は無理で、モノは通り抜けられるわけですね。だから匂いもこちらに届いたのですか……」

「いいから服を着て！　あとタオルも！　びしょ濡《ぬ》れなんだから風邪引くだろ！」

「あっ、す、すみません」

アリスは叱られていることにようやく気付き、服を着始めた。

きらきらした夜空と、驚愕《きようがく》して目を見開いている猫が描かれた、不思議な服だった。


「それで、アリスさん……でしたっけ」

「はい。マコト殿」

「殿は良いよ、なんかくすぐったい」

「では私も呼び捨ててください」

アリスは、慌てている男の姿を見て逆に冷静になって自分の名を名乗った。

誠《まこと》と名乗る男性も、体を拭い服を着たアリスを見てようやく動揺が収まる。

そしてアリスと誠は落ち着いて話を始めて、鏡の向こうがまったく異なる世界だ……という重要な認識をようやく共有したのだった。

誠の世界には魔法が一切なく、その代わりに科学技術というものが発達して生活を便利にしている。アリスが魔法が使える証拠として水や火の魔法を放つと、誠は凄《すさ》まじく驚いていた。

逆にアリスも、誠が持っている家電製品……ＬＥＤライトやスマートフォンなどを見せられてひどく驚いた。

こうして互いに住む世界の違いを大まかに理解したあたりで、今度は境遇の話となった。

「……なるほど。アリスは冒険者で、幽神《ゆうしん》さまとやらが眠っている迷宮を探索しに来たと」

「そんなところです」

とはいえアリスは、『罪人として追放された』という話は流石《さすが》にぼかした。

あくまで、この幽神霊廟《れいびょう》を攻略している一介の冒険者だと話した。

「なんで一人で？」

すぐに答えにくい質問が出てきた。

「い、いや、流石に高難度の迷宮ですからね。足手まといがいたらかえって危険なんです」

「ふーん……そういうものか」

「そういうものなのです」

誠の言葉に、アリスは内心ホッと胸を撫《な》で下ろす。

「……しかし、世界と世界を繋《つな》ぐ道具があるなんて凄《すご》いな」

「流石に私も初めて見ました。マコトの世界にはこういうものはないんですか？」

「まさか。別世界なんて初めて見た。外国語だってそんなにわからないし……あれ？」

　誠が言葉を止めて首をひねった。

「どうしました、マコト？」

「アリス、日本語わかるのか？」

「私が喋《しゃべ》っているのはエヴァーン公用語ですが……。おそらく、『鏡』に翻訳する機能があるのだと思います」

「はぁ……ちょっと理解を超えているな。流石は剣と魔法の世界」

「こんな凄まじいものが標準と思われるのも困りますが……」

　誠の隠さない驚きにアリスは苦笑する。

「むしろ、私が借りた服がありふれてるそちらの世界の方が凄いです。見た目より暖かいし生地も柔らかいし……本当に安物なんですか？」

　今アリスが着ているのは、Lサイズの宇宙猫のパーカーだった。

　アリスの体には大きすぎて、ワンピースのような状態になっている。袖も長すぎて指先が出ない。だがそんなことよりも、生地の質感や精巧な猫の絵が描かれていることの方が気になっていた。

「それは持て余してたやつだから気にしないでくれ。後でちゃんとした服も買ってくる」

「そ、それは困ります！　これ以上頂いても返せるものがありません！」

「いいっていいって。本当に安物だから。それに、あげて困るものは渡さないよ。モノは送れても体は通過できないんだから取り返しにも行けないし」

「それはそうでしょうけど……」

アリスは誠からパーカーやタオルを投げつけられたことで、一つの事実に気付いた。

この『鏡』は、人間は行き来できないが物品のやり取りはできる、ということだ。

あれこれと試してみたが、何故《なぜ》か人間は髪の毛一本さえも向こう側に行くことができない。活《い》きアサリも無理だった。だが、一度料理したり完全に死んでいるものであれば、なんの問題もなく通過する。

誠が「微生物や菌なんかも食べ物にはいるはずなんだけどな」と言い、アリスも微生物や菌の概念はわからずとも何となくおかしいとは思った。だが矛盾や疑問を棚上げするしかなかった。調べる手段などないのだ。

「それでアリス。これからどうするつもりなんだ？」

「……霊廟の地下を探索するつもりです」

「そんな軽装で？」

疑いの目にどきりとしつつも、アリスはあえて胸を張った。

「おっと、見くびってもらっては困ります。こう見えても強いんですよ」

「食料は？」

「あと5日……いや、1週間くらいなら問題なく……」

「その迷宮を探索するのに、どれくらい時間かかるもんなの？　というか足手まといはいらないって言ったけど、一人で探検するのって事故もありえるんじゃ」

誠の問いかけに、アリスは答えなかった。

アリスは迷っていた。罪人としてここに流されたという事実を話すべきかどうか。だがありのままを話して何になるだろうか。

あまりにも身軽であることや、荒《すさ》んだ目をしていることから「相当な訳ありだな」と誠に勘付かれているとは夢にも思わず、ひたすら迷い続けた。

「……いや、ごめん。困らせたいわけじゃないんだ。それより晩飯食べた？」

「え？　いや……まだですけど……」

その言葉を聞くと誠は立ち上がり、キッチンの方へ歩いていった。

「あのう、マコト……？」

アリスの困惑の声を無視して誠は料理を皿に盛り始めた。

「カレーあるんだけど、アリスは辛いの大丈夫!?」

「大丈夫ですが……」

「このままだと3日連続カレーになるところだったから、食ってくれると助かるんだ」

誠は皿にカレーライスをよそい、アリスのいる方へ差し出した。

アリスは躊躇《ためら》った。

かれーらいす、という料理はアリスにとって見目麗しいものではない。米は見たことがある。だがその上に乗っている、どろっとした茶色のペーストは何ともアレだった。

「うっ……」

だが、差し出されたものに対して「これ本当に食べ物ですか」と尋ねるのも無礼極まりない。何より、香りが素晴らしい。食欲を刺激するものには違いない。

「……ええい、ままよ！」

アリスは、覚悟を決めて匙《さじ》を手に取った。

そこからしばらく、アリスの記憶が飛んだ。

ふとアリスが我に返ると、空っぽになった。皿ではなく。鍋ごと。

びっくりするほどの満腹感と幸福感によってアリスはようやく気付いた。

かれーらいすなる料理をおかわりし続けて、私がすべて食べてしまったのだと。

「す、すみません……少々空腹だったもので……」

「あー、いいっていいって。……むしろ、すごくいい食いっぷりだった。画面映えするな」

アリスは平身低頭で謝るが、誠はまったく気にした様子もなかった。

とにかくアリスは空腹だった。牢獄《ろうごく》では当然まともな食事など出てこなかったし、幽神大砂界に入る際に渡された保存食も当然、粗末なものだ。

数ヶ月ぶりに食べる、人間らしい食事だった。

「美味《おい》しかった……。ああ、辛いのにどこか甘さがあって……お肉も柔らかくて……」

「そりゃあ何より。ルゥじゃなくてスパイスから作った本格欧風カレーだ。美味《うま》いだろ」

「あっ……!」

アリスは、誠から食べっぷりを見つめられてることに気付き、手で顔を覆った。

恥ずかしさのあまり顔を赤くしている。

「ああ、ごめんごめん」

「あ、あの、あまり見ないで頂けると……助かるのですが」

「い、いや、それより……返せるものが無いのにここまで世話になってしまい……申し訳ないと言いますか……」

どう恩返しすれば……というアリスの言葉を誠が遮った。

「そうだ、朝飯のパンも渡しておく。俺、明日は仕事してるから適当に食べておいて」

誠はそう言って、食パンの包みとジャムの入った瓶を投げた。

「え!?」

「あとこれ、そっちはけっこう寒いみたいだから使って」

そして誠《まこと》は、パンを受け取ったタイミングで毛布とクッションを投げる。

「んじゃ、夜も遅いし俺はそろそろ寝るよ。おやすみ。また明日ゆっくり話そう」

「ちょ、ちょっと……！」

「なんか用があったら大声で呼んでくれ」

アリスの困惑の声を無視して、誠は鏡の前から去っていった。


アリスは呆気《あっけ》にとられたまま、誠が『鏡』の前から去るのを見送った。

「これはどうすれば……」

手元に残ったのは食料と衣服だ。

食料が足りていないと見越した誠の判断は、悔しいくらいに正しかった。

アリスは予想外の状況に困惑し、どうすべきか自問自答した。

だが突然、瞼《まぶた》が鉛のように重くなるのを感じた。

「……うっ……ね、眠い……」

今まで無視してきた精神的、肉体的な疲労が一気にアリスに襲いかかってきた。

温かいご飯を食べ、過ごしやすい衣服に身を包んだことで、緊張の糸がぷっつりと切れた。体も頭も、完全に休む態勢に入っている。なんとか這《は》いずって自分の身を毛布で包んだところで、アリスの意識は途切れた。


次にアリスが目を覚ましたときはすでに昼下がりで、鏡の向こうに誠は居なかった。

一瞬、アリスはすべて夢だったのではないかとさえ思った。

だが、誠との出会いが夢でも幻でもなかった証拠が幾つもある。

まず『鏡』の向こう側は相変わらず、レストランの空席を映し出している。

今着ている服も、誠が用意した猫パーカーだ。

もらったパンやジャムの瓶もある。

そして『鏡』の前には、受け取ったパンとは別に食事を載せた盆があった。

4枚切りのぶ厚いトースト。

その横に添えられた、たっぷりのバターとあんことジャム。

ゆで卵と塩。トマトとレタスのサラダ。

保温タンブラーに入れられたコーヒー。

500ccペットボトルに入ったミネラルウォーター。

置き手紙もあった。アリスは、食欲がうずくのを抑えつつ手紙を手にとった。

「『やっぱりジャムと食パンだけだと寂しいので朝食を用意しておきました。仕事が終わったらまた来ますが、何かあれば大声で呼んでください』ですか……」

と、日本語の書き置きが残されていた。

アリスにはそれがなぜか理解できた。

「しゃべる言葉だけでなく、文字まで読めるようになるのですか……。想像を絶する道具ですね」

だが、それを考えてもアリスに答えを出せるわけもない。古代の研究をする専門家ですら『鏡』の原理を解明できるかは怪しいだろう。

少なくとも今のアリスにとって大事なことは『鏡』の解明ではない。それよりも『鏡』の向こうの人間と話をしたり文字でやりとりできるという大きな幸運に恵まれたこと、そして向こうの人間に命を救われたという事実の方が遥《はる》かに大事だ。

そして他にも大事なことがあった。

「これだけもらったのに、返せるものがありません……」

アリスは一文無しであった。

ただ、金になりそうなものが皆無というわけではない。

剣がある。

だが今のアリスの使命はここの魔物を討伐することだ。祈りの力を万全に蓄えた状態であれば、攻撃魔法だけで力押しして魔物を倒すこともできるだろうが、今現在のアリスに届く祈りは少ない。武器を手放すわけにもいかない。

「うーん……あ！　そうだ！　良い考えがあります……！」

それは、アリスの使命と誠への恩返しの両方を達成できる。

かもしれない。


かつん、かつんと、階段を下りる度に足音が響き渡る。

石畳の階段は螺旋《らせん》を描きながら地下へと進んでいく。

壁の燭台《しよくだい》には、蠟燭《ろうそく》のかわりに宝石のような不思議な発光体がはめ込まれ、周囲を照らしている。その階段を降りた先に広がるのは、石畳でできた広間であった。

「てやっ！」

「ギャアーァァー……」

アリスが剣を振るうと、断末魔の叫びが響き渡った。

アリスが斬ったものは人のような形をとっていたが、半透明で曖昧な姿をしている。ガスのようでもあり、もっと露骨に言えば幽霊のような見た目だ。

幽鬼という魔物だ。動物や人間、あるいは魔物などが死んだとき、わずかに残った魔力が集まって出来上がったエネルギーの塊のようなもので、知能はない。

「ふむ、問題なく斬れますね。よし……！」

幽鬼には物理攻撃は効かない。だが魔法、あるいは魔力を込めた斬撃や殴打にはさほど強くはない。アリスの聖女としての力があれば何の問題もなく倒すことができた。

「この程度の強さであれば問題はありませんね」

アリスは幽鬼を倒しながら迷宮を踏破していった。

地下1階層、2階層と足を進めてもどれも大した強さを持たない幽鬼ばかりだ。アリスは「攻略は思っていたほど難しくはない」という手応えを感じていたが、同時に焦っていた。

「……宝箱も素材も、何もありませんね」

幽鬼を倒しても、そこには何も残らない。

魔力が散らばって空気中に霧散するだけだ。

アリスは、誠の世界とつながる『鏡』を発見したことから、「霊廟《れいびょう》の地下に行けば、もっと凄《すご》い古代の遺産があるのではないか」と睨《にら》んでいた。だが今のところ、それらしいものは一つもない。

「いえ、霊廟は地下100階層まであるはず。もっと探してみなければ」

そしてアリスは更に下へ下へと進んでいったが、奇妙なことが起きた。

地下6階層に足を踏み入れた瞬間、風景ががらりと変わった。

「あれ、ここ、外……？」

地下6階層の扉を開けた瞬間、陽光が差し込んだ。草木の香りがする風が流れている。

それもそのはずで、草原が広がっている。遠くには森や川もある。振り返ると、扉の周囲には何もない。草原の真ん中にぽつんと、扉だけがある。

「なるほど、異次元に繋《つな》がっているんですね……ここからが迷宮の本番というわけですか」

アリスは、異次元や異世界という概念を知っている。

アイテムボックスという「こことは違う別の世界に多くの物を収納する」という魔法もアリスは使える。もっとも、今は祈りの力が少ないために手のひらに乗る程度のサイズの物しか収納できないが。

また、つい半日前に異世界の人間とも出会ったこともあり、アリスは目の前の不可思議な現象を素直に受け入れることができた。

「ギャワッ！　ゴアアッ！」

だが、この空間の先住民はアリスを素直には受け入れなかったようだ。

「なにっ、ドラゴン!?」

緑色の鱗《うろこ》に覆われ、羽を生やした1頭のドラゴンが、アリスの元へと飛翔《ひしょう》してくる。猛スピードでやってくるドラゴンにアリスは反射的に剣を振りかぶった。

「来るなら来なさい！　でやあああー！」

アリスは裂帛《れっぱく》の声とともに、こちらを食らわんとするドラゴンを迎え撃つ。

凄《すさ》まじい剣撃の音が草原に響き渡った。

夕方近くになったころ、アリスは失意のまま『鏡』の前に戻った。

「はぁ、今日もテイクアウトだけだったなぁ。アリスー、ちょっと遅いけどお昼ごはんでも……うわっ!?」

「しくしくしく……」

同じ頃、誠が鏡の前に戻ってきた。

そしてアリスの様子を見て、思い切り驚いた。

アリスは体育座りをして泣きはらし、膝小僧が涙でべしょべしょになっている。

「ど、どうしたの？」

「わ、わたしは、救いようのない愚か者です……しくしく……」

「もうちょっと詳しく」

「かくかくしかじか……」

アリスは、自分を取り繕うことも忘れて、あけっぴろげに自分の醜態を暴露した。

誠は話を聞き、深く同情するように頷《うなず》く。

「……ええと、まず俺に恩返しをしようとして迷宮に潜ったわけだ」

「はい……宝物や貴重品が手に入るかと思いまして……地下の迷宮を探索していたので

す」

「なるほど」

「地下5階層までは簡単だったんです。幽鬼のような悪霊もどきで、何も落とさない魔物ばかりで」

「悪霊退治できるんだ、すごいな」

「い、いえ、大したことではありません……。それで、6階層からは魔物の性質ががらっと変わって……。硬い甲殻に覆われたドラゴンがいまして……」

「それで竜に剣を振り下ろしたら、剣がぽっきり折れてしまったと」

アリスが体育座りしている場所のすぐ前には、無残に真っ二つに折れた剣が寂しく転がっていた。

「ううっ……。自分が情けなくて情けなくて……！　罰を受けるかもしれない危険を冒してまで譲ってくれた剣なのに……！」

「ああ……大事なものだったんだな」

「しくしくしく……」

アリスは悲しんでいた。「罰」や「危険を冒す」といった言葉を出してしまったせいで、誠はアリスの状況を深刻なものと確信しつつあったが、アリスはそんな誠に気付かないほどに悲嘆に暮れていた。

「と、ともかくお腹空《なかす》いただろう。ご飯用意するから待っててくれ」

「はい……」

アリスは、誠《まこと》の申し出を断る力さえ無かった。

そんなアリスに、誠は奇妙なものを差し出した。妙に艶めいた黒い板だ。

その板が突然ぱっと明るくなり、不思議な絵と音を流し始めた。

「ん、これは……？」

「タブレット。適当に探した作業用ＢＧＭを流してる。良ければ使って」

「びーじーえむ？」

「……えーと、ともかくこの板を使うと誰かが投稿した音楽とか動画とかを見れるんだ……って説明でわかるかな？」

誠は、自分の言葉に納得がいっていないのか首をひねる。

だがアリスはなんとなくこの板の役割を理解できた。

「なるほど……。記録宝珠のようなものですか」

「あれ、わかる？」

「一度、聖水教の総本山で見たことがあります。何代か前の大僧正の演説や賛美歌を記録して保管していました。しかし宝珠一つで屋敷が建つほど高価なものでしたが……」

アリスは恐る恐る誠に尋ねるが、誠は苦笑した。

「そこまで貴重品じゃないよ。お高い宿に泊まって飯と酒を楽しむくらいの値段かな？」

「そ、そうなんですか」

「ほら、見てみて」

と言って、誠はアリスの方へタブレットを投げ入れた。

「わっ!? こ、こら！ 魔道具をこのように扱ってはいけません！」

「魔道具じゃないって。適当にいじっていいから」

「はぁ……」

アリスは、音楽がなりっぱなしのタブレットをまじまじと眺める。

そこでは、音楽にあわせて絵が動いていた。

当然、流れ出る音も映像も、アリスにとって初めて見るものだった。

「おお……これはすごいです……」

『鏡』を通しているがゆえに、タブレットの画面に表示された文字がアリスにはなんとなく読める。ただ英語の部分はよくわからなかった。恐らく翻訳機能が発揮されるのはアリスと誠が会話できる範囲に絞られているのだろう。

だがアリスには、そんな発見よりも驚くべきことがあった。

「えっと、マコト、絵の下の記号はなんですか？」

「左側の記号は再生とか停止とか。シークンスバーは動画の時間と進行度合いだね。その右にあるのがボリュームで、音の大きさの調整。……で、その下にある数字は再生数」

「再生数？」

「つまり、合計何人がこの動画を見たかって数字だよ」

「なるほど、じゃあ５００万人がこれを見たと……………ごっ、ごひゃくまん!?」

「驚くとこそこ？」

「だ、だって！　エヴァーン王国の国民と同じくらいですよ！　ていうか、５００万人もこれを使ったというのですか!?」

えっ、国民数少なっ、と誠は内心思ったが、流石《さすが》に失礼な気がして言わなかった。

「いや、このタブレットを５００万人に貸したわけじゃないよ。みんな、こういうタブレットとかスマホを持っていればどこからでも見られるんだよ。インターネットって言ってね……」

「は、はぁ……」

誠の説明を聞きながら、アリスは指をタブレットに滑らせた。

アリスはなんとなく触っているうちに、誠の言っている意味がようやくわかってきた。

タブレットの画面上には、流行曲が流れ、あるいは動画配信者の「どーもどーも！」という軽い感じの挨拶が流れ、あるいは無料配信中のドラマやアニメが流れる。アリスが触る度に動画の内容が千変万化する。

そしてその多くの動画には、様々な人がコメントや感想を付けている。

この場からは見えない数限りない多くの人がどこかにいて、アリスと同じように動画を見ているということを、アリスはほんの僅かの時間で体感的に理解しつつあった。

それはアリスの力の仕組みに少し似ているからだ。動画に対して様々な人が感想をつけている状態は、応援の声を受けて力を増すアリス自身の姿と重なるところがあった。

「……すみません、ちょっとくらくらしてきました」

「おっと、明るすぎたか。悪い悪い」

「いえ、そうではなく……情報量が多くて混乱して……。でもこれは……本当に面白いですね……！」

アリスは気を取り直して再びタブレットを眺め始めた。

指で触れる度に動く画面も、そして画面の中の人々も、色鮮やかにアリスの目に映った。

「……よし、今のうちにご飯作るか」

そして『鏡』の前から去って何かを作り始める誠に、アリスはしばらく気付かなかった。

アリスは、満たされていた。

「ああ……美味《おい》しかった……」

温かい食事。

暖かい服。

愉快な歌や面白い芝居。

今日の晩餐《ばんさん》は、魚だった。鯖《さば》の塩焼きというメニューだ。

少々独特の臭いはあるが、アリスにとってさほど問題ではない。兵舎や牢獄《ろうごく》で食べる飯に比べたら段違いにまともだった。比べることさえ失礼だった。

何より、食事の後に出されたデザートがまさに至高だった。

「モンブランケーキも素晴らしかったです……栗《くり》にあんな食べ方があるなんて」

エヴァーン王国にも栗はあった。だがアリスが食べたことがあるのは焼き栗ばかりで、手を加えた菓子として食べたことはない。滑らかな舌触りのクリームとして食べるのは感動だった。アリスは満腹感も落ち着き、食べた料理がどれだけ素晴らしかったかを再確認できた。

また、借りたタブレットで見た動画も驚きの連続だった。あんな風に動画を楽しむ文化があるなんて思いもよらなかった。

他にも色々と受け取ったものがあった。

漫画を受け取って、気付けば夢中で読んでいた。

最初はどう読むものかわからず適当にページをめくって目で追いかけていたが、物語を楽しむ滑稽本だと気付いてまずは4コマ漫画の面白さを理解できるようになった。大長編の冒険漫画や少女漫画はまだ読み切れる気がしなくて置いたままだが、漫画に慣れてきたら読もうとアリスは内心で決意する。

駄菓子も受け取った。これも夢中で食べてしまった。気付けば1袋分のチョコレートが空っぽになっていた。

こんなに素晴らしいものばかり受け取って良いのだろうかと、アリスはふと不安になる。

「……って、ああっ!? また恩返ししそこねた!?」

アリスは寝る前になってようやく、大事な事を思い出したのだった。


「だから! これ以上の施しは不要だと言っているんです!」

「なんで?」

「頂く! 理由が! ありません!」

誠はアリスの隙あらば鏡の向こうの世界におにぎり、パン、駄菓子、料理が入ったタッパー、あるいは食料品以外の生活用品——肌着やタオル、布団、歯磨きなどなど——を放り投げていた。

しかしついにアリスは、欲望を振り切って怒りの声を上げた。

「お金の無駄遣いでしょう! 私などに与える余裕はあるのですか!」

「レストランやってたらどうしたって食材は余っちゃうんだよ。食べて貰《もら》えるほうが嬉《うれ》しい。それに布団やシーツも余ってたやつだし」

アリスの叱責に、誠は気にしないとばかりに肩をすくめた。

消耗品がほとんど新品であることについてはしれっと黙っていた。

「そ、それでも時間と金を費やしてくれていることには変わりないでしょう！」

「……じゃあ聞くけれど、アリス」

「なんですか」

「たとえば目の前で、死にそうなくらい腹を空かせてる人間がいたとする。そして今の自分の手元には、食べきれなくて腐って捨てるしかない料理があるとする。どうする？」

うっ、という声がアリスの口から漏れた。

「そ、それは話が違います」

「どんな風に？」

「私はなにも、あなたから施しをもらわなくとも生きていけます」

「あーあ、残念だなぁ。今日はカレーにしようと思ったのに」

「ううっ」

カレー。もはやそれはアリスの一番の大好物となっていた。

「今日は前のカレーとは違って、バターチキンカレーを作ろうと思うんだ。今回もルゥを使わず香辛料を使うし、カシューナッツをふやかして砕いてカシューナッツミルクでコクを出す。追いバターも入れる。でもこれ、一人分だけ作るのもかえって面倒でさ、寸胴いっぱいになるくらい作りたいんだ。誰か食べてくれる人が居ると助かるんだが、断られるとは思ってなかったなぁ……あーあ、悲しい」

「ぐっ、ぐぬぬ……！」

「一緒に食べてくれる人がいたらなぁ……」

「マコト……それは卑怯《ひきょう》です……！」

そして、気付けば再びアリスは流された。

最初は出されても固辞しようと思っていたが、キッチンから漂ってくるスパイスの芳《ほう》醇《じゅん》な香りに抗《あらが》うことなどできなかった。

スパイシーかつコクのあるバターチキンカレーは、前回のカレーよりも好きかも知れないとアリスは思った。

「くっ……欲望に流された自分が憎い……！」

「お粗末様でした」

誠は、3皿分をぺろりと平らげたアリスを満足そうに眺める。

「中に入った鶏肉《とりにく》の軟らかいこと……これは反則です……！」

バターチキンカレーは基本チキンだけが具材だが、誠はそこにブラウンマッシュルームを入れることで食感と旨味《うまみ》を強調していた。それによって、香りだけで頭がやられていたアリスは更なるカレーの深みへと引きずり込まれていった。

「次は豚の角煮を使ってカレーを作ろうと思うんだ。今回はマッシュルームを使ったけど、マイタケも悪くないかな」

「キノコですか……子供の頃はよく摘みに行ったものです」

「そっちの世界にもキノコあるのか。どんなのがあるのか興味あるな……。ところで今日は酒があるんだ。アリスは酒飲む人？……っていうか今まで聞いてなかったけどアリスいくつ？」

「26歳です」

「……あ、そうなんだ」

アリスは、誠《まこと》の微妙な反応に怒りの声を上げた。

「も、文句ありますか！　どうせ行き遅れです！」

「いやいや、単にお酒飲んで良い年齢か聞きたかっただけだって！　ていうか10代かもなって思ってて驚いたというか……」

ちっちゃい、という言葉を誠は飲み込んだが、アリスにはお見通しであった。似たようなことは散々言われてきたのだ。

「ちんちくりんと呼ばれてきましたし、同じ部隊とか年齢を知ってる人からは結婚しろって言われましたし……。戦争終わったから結婚しなきゃって思ってもこんな境遇になってしまいましたし……」

「ま、まあまあ！　人生これからじゃないか！」

その言葉に、アリスは震えるような寒さを感じた。

今、どんなに楽しいものに囲まれ、美味しいものを食べても、決して手に入らないものがあった。

「いいえ、マコト。私に『これから』なんてものはありません」

「あ……」

「私は、あなたとは違います。ただここで朽ち果てる運命があるだけの、死人に過ぎません。未来のあるあなたが私に関わったところで、よいことなど何一つありません。いっそ慰み者にでも何にでもすればよいでしょう……と言いたいところですが、それさえもできませんね」

アリスのあまりにも自暴自棄な言葉に、誠がショックを受けていた。

善意を尽くして命を助けてくれた人に、なんてことを言ってしまったのだろうとアリスは後悔する。だがそれでも、心が凍《い》てついていくのをアリスは感じる。

駄目です、そんなことは忘れましょう。結婚式の祝宴でなければ出ないようなご馳走《ちそう》を毎日食べて、愉快な音楽を聞いて手を叩《たた》き、わくわくする物語を読みふける。それで何の問題もないじゃありませんか。

甘えて、甘えて、自分に無償であらゆるものを与えてくれる男の人に素敵な笑顔をみせてあげれば、恩返しには十分じゃありませんか。だってあなたは、ずっとそうやってきたのだから。

アリスは甘い言葉を囁《ささや》く自分に身を委ねようとした。自分に冤罪《えんざい》をなすりつけた王は一つだけ真実を語っていた。「兵たちを籠絡した」と。

魔王との戦争をしていた頃、アリスは戦場で常に眩《まぶ》しい笑顔を兵士たちに見せるようにしてきた。「勝利は目前です！　私を信じて、共に戦いましょう！」と。

それはいつだって作り笑いだった。

何度も戦う内に、自分の後ろにいる者に泣き顔や怯《おび》えた顔を見せれば祈りや応援の力が減衰すると気付いたからだ。だから兵たちを勇気づけ、人を魅了できる笑顔の練習をアリスはこっそりしていた。確かにアリスは兵を籠絡したと、王などよりアリス自身がもっとも深く理解していた。

そうしてアリスは死地を潜《くぐ》り抜けて勝利を手にしたが、当然潜り抜けることができなかった者も数多くいた。自分を信じて、力をアリスに与えて、戦友たちは倒れた。

誰かに甘えて何かを得るのが「人の聖女」の本質であり、自分自身なのだとアリスは思う。

目の前の人を魅了する笑顔を浮かべたら、その人はきっと幸せを得られる。そしてここは戦場ではなく、かつての戦友たちのように死ぬこともない。だからずっとそのままで大丈夫ですよ。それこそが「これから」ですよと、と心の中の自分に囁いてみた。

それは嘘《うそ》だともう一人のアリスが叫んだ。

本当にそれで良いのですか。「これから」を手に入れるべく旅立つべきでしょう。敗北し、挫折し、見知らぬ誰かによしよしと慰められる臆病者になって満足なのですか。あなたを甘やかした多くの人は、振り返るあなたの顔ではなく、前を征《ゆ》くあなたの背中を信じたのではないのですか。

アリスの耳を痛くなるくらいに引っ張って叱りつけてくるアリスが、アリスを甘やかそうとするアリスと喧嘩《けんか》をし始める。アリスにはどちらも選ぶことができず、ただ心が冷えて、笑顔を浮かべようとすることさえできなくなっていた。

「どうか、放っておいてください」

だがそれでも、誠は退《ひ》くことはなかった。

「……今日はビール買ってきたんだ。飲もう」

「ビール……？」

「こういう日は、酒だよ。麦で作った醸造酒なんだけど……」

その言葉に、アリスがぴくりと反応した。

こういう日は、酒。

アリスには馴染《なじ》み深い感覚だった。戦に勝った日も、あるいは負けて敗走した日も、酒を飲んだ。死んだ戦友を思って酒を飲み、笑い飛ばし、明日もまた生き伸びることを誓ったものだ。笑顔が嘘であっても、酒と共に飲んだ涙だけは本物だった。

「……エールのようなものですか？」

「まあエールビールじゃなくてラガービールなんだが、大体そんなもんだよ」

誠がビアグラスをアリスに渡し、そこに缶ビールを注いだ。

透き通った金色の液体が、鏡の向こう側のグラスへと吸い込まれていく。

「これは……綺麗《きれい》な金色ですね。それに全然濁ってません」

「さあ、乾杯しよう乾杯！」

誠は暗くなったアリスの気分を払拭しようと、酒の勢いに頼った。

それがいけなかった。


「……というわけなんですよぉ。聞いてますかマコト！」

アリスは、酔うと絡むタイプだった。

しかもザルだ。

すでに誠が用意したロング缶ビール10缶を飲み尽くし、それだけでは足らず、甲類焼酎の水割りをがばがばと飲み始めている。誠はすでに自分のリミットを超えつつあるのを自覚して、こっそり水割りではなくお冷やを飲んでいる。

アリスはそんなことに気付かず、うっかりと暴露してしまっていた。

今まで誠に隠してきた自分の人生について。

「……苦労したんだな」

「本当ですよ！　あんなに頑張って魔王を倒したってのに、王も側近たちも手の平を返して！　あの恩知らずども、全員地獄に落ちればいいのに！」

アリスは誠に、吐き出すだけ吐き出した。

子供の頃に親を流行病《はやりやまい》で亡くし、孤児院に引き取られたこと。

孤児院は貧しく忙しかったが、それでも楽しく暮らしたこと。

孤児院を出た後は洗濯屋で住み込みで働いて、ようやく人並みの暮らしができるようになったこと。

そこの店主に、店主の息子との見合いを勧められたこと。

その頃に魔王が現れて国を荒らし回り、見合いどころではなくなったこと。

教会に呼び出されて不可思議な儀式を行ったら、お前は魔王を倒す力を持った聖女だと言われたこと。

いきなり軍に放り込まれて兵士生活が始まったこと。

始めはひどく辛《つら》かったが、同じ兵士仲間が支えてくれたこと。

いじめたりからかったりする意地悪な兵士もいたこと。
訓練所が魔王の軍勢に襲われ、唐突に初めての実戦を迎えたこと。
優しい兵も、意地悪な兵も、戦いの中で死んでしまったこと。
それ以来、今まで以上より必死に訓練に打ち込み、とにかく強くなろうとしたこと。
一人の聖女とは育ちが違いすぎてひどく嫌われていたこと。
もう一人の聖女はちょっと抜けているが、優しく自分の世話をしてくれたこと。
皆と協力して魔王を打ち倒したこと。
魔王を倒した功績が大きすぎて、国から厄介者扱いされたこと。
元平民の聖女ということで王族や貴族といった国の重鎮が手の平を返したこと。
もはや死刑と変わらないような国外追放と魔物討伐の罰を受けたこと。
それでも精一杯の手助けをしてくれた戦友もいたこと。
ここで死のうと思っていたときに、突然異世界の料理人が助けてくれたこと。
今はちょっと酒を飲み過ぎて吐き気がこみ上げてきたこと。
「うっ、きぼちわるい……」
「アリス、大丈夫……いてっ」
誠が、アリスに手を差し伸べようとして『鏡』に手を弾《はじ》かれた。
その様子が不思議と面白く、アリスがくすりと笑った。

「ダメですよ、こちらには来られないんですから」

「アリスがこっちに来れたらいいのにな」

「ふふ……うっ」

「ああっ、ま、待った！　ほら、袋に吐いて！」

「おえええっ……えほっ、げほっ」

誠がビニール袋を渡し、ぎりぎりのタイミングで間に合った。

アリスが吐き出したものが入ってるビニール袋を、誠はある道具を使って引き寄せた。

「これが役立つとはなぁ」

マジックハンドだ。

プラスチックの玩具《おもちゃ》ではなく業務用の頑丈なもので、それなりに重い物でも摑《つか》める。ゴミ拾いをする感覚で、吐瀉物《としゃぶつ》の入ったビニール袋や転がった空き缶などをひょいひょいと回収していく。

「すっ、すみませ……」

「良いって、全部任せて。他には、何かない？　食べたいものとか、やりたいこととか」

「そうですね……甘い物をお腹《なか》いっぱい食べること……はもうやりましたし……あ、そうだ」

「なんだい？」

「……蜂蜜酒を飲みたかったです。功績をあげた兵は隊長から瓶ごと支給されて。でも、私はどこかの部隊に所属していたわけじゃないので機会がなくて。それが羨ましくて……」

「ミードか。ああ、それなら輸入食品店とかリカーショップで探せば手に入るな。あ、通販の方が早いかな？　ともかく買ってくる。他には？」

アリスは酔ってとろんとした顔のまま頷《うなず》く。

「あー……それは……子供の頃の、夢で……」

誠《まこと》はアリスの言葉を待つ。

「夢か。それは？」

「…………秘密です」

「ええ……ここで秘密にする……？」

誠が苦笑する。

「こんな粗相をしたときに言える話ではありません」

「じゃ、しらふのときに改めて聞こうか」

「はい……聞いてくれると、嬉《うれ》しいです」

しばらく、心地良い沈黙が続いた。

アリスの時間と意識がその沈黙に溶けていく。

自分が寝ているのか起きているのかさえも曖昧になっていく。

「ったく、風邪引くんじゃないか」

誠が、マジックハンドを使って器用に毛布を掛けた。アリスは体を動かすこともできず、その温《ぬく》もりに体を委ねる。

そこにいたのは聖女でもなんでもない、心に傷を負った、さみしがり屋の、ただの26歳児だった。


次の日の朝、アリスは完全に目が覚めた。

少し酔いのだるさはあるが、それでも爽やかな気持ちに包まれていた。

菓子の空き袋を片付け、借りた本を揃《そろ》え、もらった服や毛布を折りたたむ。

幽神大砂界を歩いたときのマントをまとい、静かに誠を待った。

「おはよ……どうした？」

誠の気楽な声がすぐに引き締まる。

アリスの姿に何かを察した様子だった。

「マコト。少々お願いがあります」

「なんだ？」

「以前頂いた食パンと、ジャムの入った瓶をまた頂きたいんです。できれば10袋ほど」

「用意するのは別に問題ないけど……」

「すみません、何から何まで」

「……理由を聞いてもいいか？」

「そろそろ、お暇《いとま》しようと思います」

「おいとまって……どこに？」

「国へ帰ります」

アリスは、淡々と誠に告げた。

「……帰れるのか？」

「帰ってはいけません。捕まったら今度こそ斬首になります」

「じゃあ」

「なので、捕らえようとするものは返り討ちにしようと思います」

「ええと……」

「安心してください、こう見えても強いんです」

と言って、アリスは誠に力こぶを見せた。

意外にも引き締まり、力強さがある。だがそれでも鍛えに鍛えた男の剛腕に及ぶものではない。

「……昨晩は、色々とお恥ずかしいところを見せました。本当に申し訳ありません」

「いやいや」

「私は、罪人です。このような怪しげな場所にいるのは、追放刑を受けたためです」

アリスが淡々と、自分の境遇を話す。

それは、昨日暴露した内容とまったく同じであった。

「けど、冤罪《えんざい》なんだろう？」

「はい。だから私が私として生きるためには、国に反抗せねばなりません」

「そ、そうかもしれないけど……勝てるのか？　いや勝ち負け以前に、生き残れるのか？」

「腕に覚えがあると言ったでしょう？　それに味方もきっといるはずです」

「……相手も強いんだろ？」

誠の問いにアリスは何も答えず、ただ微笑《ほほえ》んだ。

「マコト、あなたには感謝してもしきれません。子供の頃の夢……二つのうちの一つが叶《かな》いました」

「夢？」

「俗っぽいことですけど……。一つは、甘い物をお腹《なか》いっぱい食べることです」

「ああ、チョコの袋一晩で食べたよな」

「気付いたら空っぽになってて焦りました。りんごの砂糖漬けをつまみ食いして、孤児院の院長先生に怒られたことを思い出しました」

アリスは、恥ずかしそうにはにかんだ。

「それくらい……」

大したことじゃない、と言いかけた誠に、アリスは首を横に振る。

「兵舎は本当にまずい飯ばかりでした。牢獄《ろうごく》では……説明する必要もないでしょう。兵舎にチョコの袋やジャムの瓶を放り込めば取り合いの殴り合いになると思います。もちろん私も率先して殴りにいきます」

アリスは努めて気楽に話そうとした。

できるだけ、目の前の人に心労を与えたくはなかった。だが誠の顔に浮かんだ不安は深まるばかりで、失敗してしまったなと自重する。

「だから、私は満足しました。満足したからには、前に進まなければいけません」

「……嬉しかったなら別にいいだろ。わざわざ死にに行くような真似《まね》をすることぁない。夢が叶ったなら叶ったままで、何の問題もないじゃないか」

「あります。私はあなたと出会ってからずっと、働きもせず家事もせずに、与えられたものを好きなだけ食べて、寝たいだけ寝て、あまつさえ王侯貴族さえも楽しめないような娯楽にふけっていました」

「真顔でそんなこと言うとまるで悪いことしてるみたいだろ。悪いことじゃない。少なくともアリスは、そういう生活をしても良いくらい苦労してるじゃないか」

誠の言葉に、アリスは胸の苦しさを覚えた。

ああ、この人が私を助けたのは私が聖女だからではなく、義と情けというありふれた善意なのだと改めて思い知った。

最後に出会えた人がこの人で良かったと心底思う。

「だとしても褒められたことではありません。ずっと続いて良いものでもありません」

「いやいいよ。ずっと続ければいいじゃないか」

誠の焦りが滲《にじ》んだ言葉に、アリスは微笑みつつも首を横に振った。

「それはできません」

「どうしてだ？」

「私は、やっぱり、『これから』が欲しいんです。それがどんなに辛《つら》くて馬鹿げていても」

アリスは、自分を甘やかす方の自分をまどろみの中で振り切り、厳しく、叱咤《しった》する自分を取った。

正しいか間違ってるかではない。ただそうしたいと思った。

「それにマコト、あなたにも親はいるでしょう。こんな『鏡』の中の女の世話ばかりしていれば引き離そうとするのではないですか」

「いやそれが事故で両親とも死んじゃってな。一軒家で一人暮らしなんだ」

「あう」

あまりに予想外の答えが返ってきて、アリスは変な声を出してしまった。

「え、ええと、他のご家族は？」

「叔母さん夫婦と、その娘さん……従姉《いとこ》の翔子《しょうこ》姉さんって親戚がいるくらいかな。あ、心配しないでくれ。異世界の人と同居してるって言ったら面白がってくれるはずだ。だからさ、ここにいてくれないか？　このまま一緒に暮らそう」

「そ、そうは言ってもですね……マコトはそれだけ料理が上手《うま》いのですから、嫁の一人や二人探すのは難しくもなんともないでしょう。あるいは弟子を募集するとか」

「婚活すれば家族が増えるって？　それは考えてないな」

誠が難しい顔をして首を横に振った。

「……実際に手も触れられない相手と付き合っても、男性にとってはつまらないものでしょう。触れあえる人の方が絶対にいいはずです」

「それが最近はコロナ……まあ、疫病が流行《はや》ってるから遠出できないんだよ。インターネット婚活とかネット恋愛とか、直接対面せずに付き合ってる人も今どきは増えてきてるんだ。外食する人もかなり減ってるから、弟子やバイトを新たに雇い入れるのも無理。今でさえシフトかなり減らしてるし、雇用を守るので精一杯だよ」

「はわわわわわ」

バグった反応をするアリスに、誠は思わず失笑した。

アリスはきっと誠を睨《にら》みつつ、こそこそとタブレットを操作した。

「え、疫病って本当でしょうね？　嘘《うそ》ならすぐバレますよ。私、ちょっとくらいタブレットの操作は覚えたんですから。確か、ニュースのウェブサイトがあったはず……前に見たときは難しくてわかりませんでしたけど……」

「コロナで検索すると出てくるぞ」

「えーと……入力方法がよくわからなくて」

「あ、キーボード型の入力になっててちょっと面倒か。フリック入力に切り替えるから貸して」

　アリスは誠から操作を教わりながら、ブラウザの検索画面に文字を入力した。すぐに様々な検索結果が出てきた。トップに来たのは新聞社のウェブサイトだ。そこには新型コロナウイルスＣＯＶＩＤ－19による感染状況や、罹《かか》ったときの症状などが事細かに書かれていた。

　他にもセンセーショナルな見出しで恐怖を煽《あお》るものもあれば、強い口調で楽観論を訴えているもの、陰謀論を唱えるものなど、様々なニュースがある。ともかく、世界的なレベルの大問題であることがアリスにはすぐ理解できたようだった。

「洒落《しゃれ》にならないレベルの疫病じゃないですか！　あなた、こんな状況で赤の他人を助けたり何をやってるんですか!?」

「いや、つい」

アリスが血相を変えて怒った。

誠《まこと》はのんきに苦笑を浮かべるだけで、アリスはそれを見てますます叱りつける。

「ついではなく！　マコト自身は大丈夫なんですか!?」

「大丈夫大丈夫、ウチの県はまだそこまで深刻じゃないよ。自粛ムードは強いし、夜の営業できないし店の売り上げはヤバいけどさ」

「だったら尚更《なおさら》自分のことを……」

アリスの切々とした訴えに対し、誠は寂しげな微笑みを返した。

「ここ数年一人暮らしだったからさ。アリスが来てくれて嬉《うれ》しかったんだよ」

「あ……」

「親父《おやじ》もおふくろも死んだ実家で一人暮らしってのもやっぱり寂しいもんでさ。普段ならそれでもなんとかやってこれたけど、今はコロナがあるから迂闊《うかつ》に友達と遊ぶってのもできないし、なによりお客さんの顔が見えない。たまに顔を見せてくれる従姉にはいつも心配ないって言ってるけど……やっぱりしんどかった」

誠は、ぽつぽつと自分のことを語った。

子供の頃はよく親のレストランを手伝っていたこと。

中学校や高校の授業が終わって家に帰ったあたりからがレストランの書き入れ時で、腹を空《す》かせた勤め人や、子供の誕生日を祝う家族、コーヒー1杯で粘るご近所さんなどがレストランでくつろいでいるのが、誠の思う『実家』であること。

そのイメージを大事にしたくて、色んな店で働いて料理の修業をしたこと。そして楽しく働いている内に、親が事故で他界したこと。そして自分が実家のレストランを継いできりもりしていたところに、コロナの蔓延《まんえん》に苦しめられていること。

「俺、人に料理を出すのが好きなんだよ。テイクアウトやお弁当も出してるけど大した注文量でもないしさ。店の景気は悪いし、何より人に料理を出すってことができなくて、しんどくってさ」

「マコト……」

「自粛生活が気楽って人も今どきは多いんだろうけど、俺はちょっと苦手な方なんだ。アリスが来て美味《おい》しそうにごはん食べてくれて……俺は救われたんだよ。夕方、晩ごはんを作るのが楽しくて、もうちょっと頑張ろうって気持ちになった」

「……マコトは意地悪なことを言います」

アリスは口をわなわなさせて、そして恥ずかしそうにぽつりと呟《つぶや》いた。

「意外と意地悪なんだよ。俺を助けると思って、ここに居てくれないか？」

「……ですが、たとえばマコトが職を失って貧しくなったとき、それでも私に援助できると言えますか？　私からはなにもできないのに」

「できる範囲のことはやる……ていうか、そうならないように頑張るしかないさ。もしもを考えてたらきりがない」

「だとしても、私がここにいるのは1ヶ月や2ヶ月ではありません。霊廟《れいびょう》を攻略するのは年単位の時間が必要でしょう。あるいは一生かかっても無理かもしれません」

「うん」

「私への援助を続けても、続けなくても、きっとしこりが残ります。援助を止《や》めたマコトはきっと『自分が見捨てた』と思うでしょう。私が苦しいのは私のせいであっても、きっとあなたは後悔します。だからこれ以上巻き込みたくはないんです」

「つらいし悲しいとは思う。それが後悔かはともかく」

「逆に、私があなたを逆恨みしないとも限りません……いえ、きっと、恨みます。自分を棚に上げて。この生活が長続きしてしまったら、きっと私はこの状況を……あなたの世話になることを、当たり前の権利だと受け入れてしまうでしょうから。だから、ここで綺麗《きれい》にお別れしましょう。お互いの道を進みましょう。私たちはきっと大丈夫です」

　アリスは、そこで笑った。

　何度となく練習してきた完璧な笑顔だ。

「だからさー、ヤダっつってんじゃーん」

　が、通じなかった。

あからさまなまでにわざとらしい悪態で返された。笑顔が作り笑いだと見抜かれているのだと気付いて、アリスはうっかり怒鳴ってしまった。

「子供みたいなこと言わないでください！」

誠はちょっとやりすぎたと反省したのか、真面目な口調に戻った。

「ごめん、からかいすぎた。でもさ、しこりは残るよ？　ここまで言わせて『そうですね、バイバイ』とは言いたくないよ。今の時点ですごく気を遣われてるわけでさ」

「それはそうですけど……」

アリスは溜《た》め息《いき》をついた。

当然、アリスにとって嬉しい言葉だった。だがアリスの方も勇気を持って別れを決断したつもりで、今更引き下がることはできない。どうやって誠を説得しようか……とアリスが悩んでいたあたりで、誠の口から思わぬ言葉が出てきた。

「だから、俺から提案がある」

「提案？」

「俺がアリスを助けているだけの一方的な関係。確かにそれは健全じゃないし将来性がない。時間が経《た》つにつれて悪くなって、破綻して、お互いが傷付く。だから傷が浅いうちにやめようって話なんだろ」

「ま、まあ、そういうことですけど……」

「じゃあアリスが、俺に返せる何かがあり、そして将来の展望……つまり、『これから』があればいいわけだ」

「その『これから』などないから困ってるのです！」

「ある。アリス。俺はきみに頼みたい仕事がある」

「え？　仕事？」

アリスは思わず、きょとんとした顔で聞き返した。

「ああ。ちゃんと報酬が発生する仕事だ。アリスが稼いだら、その金を使ってアリスの食料や生活用品を俺が代行して買ってくる。俺が一方的に与える生活から、お互いに支え合う生活に変えていこう。そして仕事を通して、未来を摑《つか》むんだ」

誠の話に、アリスは興味を惹《ひ》かれるものがあった。だがそんな都合の良いものなどあるはずがないという疑いが勝った。

「……と言っても、私はそちらの世界には行けませんし……。声や姿を見せることしかできないのに、仕事らしい仕事なんて」

「あるよ。声と姿だけでできる仕事なんていくらでも」

「……え？」

「動画配信者だ」

■5分ちょっとでわかるアリス=セルティ

／フォロワー数：0人　累計good評価：0pt

はい！

そういうわけで、5分ちょっとでわかるアリス＝セルティ！

出身は地球ではないどこか別の世界です。

ここの野蛮なる原住民どもは『永劫《えいごう》の旅の地ヴィマ』と呼んでいます。

ヴィマの一番でかい大陸の北にある、エヴァーン王国という国に住んでました。

どんなところかと言いますと……そうですねぇ、一言で言えば。

ド田舎ですね。

いや、ド田舎なんて表現をしたら流石《さすが》に地方在住の人に失礼ですね。言い直します。

クソ田舎です。

バカと酔っ払いとゾンビと厚顔無恥で無責任な卑《ひ》怯者《きょうもの》を100年ほど丁寧に熟成させた連中がゴキブリみたいに湧いて出てくる、悪い意味での『田舎』を凝縮した国ですね。素敵な自然の風景とか、心温まるふれあいとか、田舎の善良な側面を削《そ》ぎ落とした田舎オルタと言っても過言ではないでしょう。地球の皆さんはくれぐれも観光しようなんて思わないでください。

おっと、話が逸《そ》れましたね。

胸クソの悪くなるクソ田舎の話なんてやめましょう。

ともかく私は、ファッキン・エヴァーン・クソ王国から出て、この幽神霊廟というクソみたいに何にもない僻地《へきち》に住んでます。

見てください、この石畳の寒々しい部屋。

クッションや布団などを頂いたのでなんとか暮らせる状態にはなっていますが……。

こんな場所で生きていけるのはちょっと奇跡だと思うんですよね。

で、紆余曲折《うよきょくせつ》ありまして私は『動画配信者になろう』の配信者となったわけです。

……紆余曲折の一言ではしょりすぎという気もしますが、そこは気にしない方向で。

まずこうして地球に映像を送れるってあたりが非常に謎なんですが、

霊廟を潜《くぐ》ってたらなんだか地球と繫《つな》がっちゃいました。

いやービックリですね。

私自身とか生身の人間はこちらとそちらの世界を行き来できないのですが、物品はやり取りできるんです。協力者にお願いしてこうしてカメラ機材を持ち込むこともできます。

ですので、次の動画では皆様にこちらの世界をもっと詳しくご案内したいと思いまーす！

もしよろしければ、チャンネルブックマークといいね評価ボタンを押してくださいね。

まったねー！

◆

かち、かちと、マウスのクリック音が響く。『鏡』の前で誠がパソコン作業する音だ。

アリスはなんとも微妙な顔をしてそれを見守っていた。

「あのう……マコト」

「何か聞きたいことある？」

「何から聞けば良いのか……その『ぱそこん』と『かめら』は一体どうしたんですか……？」

今、アリスの部屋には幾つかの機材があった。

まずはテーブルだ。これは『鏡』を貫通し、半分は誠のいる世界に、もう半分はアリスのいる世界に置かれている。アリスは椅子にかけて誠の対面に座っている。

そしてテーブルの上にパソコンのディスプレイがあった。

ディスプレイは大小一つずつ存在し、大きい方のメイン画面は誠の側だ。そしてもう一つのサブディスプレイは、アリスが手にとって眺めている。

メイン画面とまったく同じ内容をサブディスプレイに表示させている、という状態だ。

「パソコンは元々あるやつだよ。サブディスプレイとウェアラブルカメラは持続化給付金で買っちゃった」

「ジゾクカキュウフキン？」

「コロナのせいで店の売り上げが下がってるんだよね。で、売り上げが下がってますよって証明する書類を付けて国に申告するとお金がもらえる」

「はぁ……」

「で、良い感じに動画がまとまったと思うんだけど、アリスはどう？」

「ど、どうと言われましてもぉ……」

昨日アリスは『鏡』の部屋から去ろうとしたが、誠に説得されて保留にした。

動画配信者になろうという話に興味が湧いたわけではない。誠の必死の説得に根負けした、といった方が正しい。

誠のタブレットを通して動画配信というものに触れたばかりで、やるやらない以前にそもそも配信者とは何なのかこれから勉強する、という状態だ。どう思うかと問われても、アリスにはまだ何も言えない。

「やっぱり慣れない？　こういうの嫌かな？」

「い、嫌というわけではないです。ただ、まだ実感がわかなくて……自分がカメラの前で何を言っていたのかもよく覚えていないですし……」

アリスはカメラを向けられた瞬間、自分でもわけがわからないほどにテンションが上がっていた。改めて動画として自分の有様を見せられると、その過激な発言に恥じ入るしかない。真っ赤に染まる自分の頬を両手で隠している。

「それは確かにね。じゃあ、ああしたいとか、こうしたいとか、そういう要望もまだ思いつかない感じか？」

「要望と言われても……。あ、そうだ、質問があります」

「なんでもどうぞ」

「動画、短くないですか？　もうちょっと長々と喋《しゃべ》ったような気がしたのですが……」

撮影中、アリスは熱に浮かされたようにとりとめもなく喋っていた、ような気がする。だが動画の中のアリスは非常にテンポよく話を進めている。

「編集した。間や沈黙が入ったところはカットして繋げ直してる」

「そういうこともできるんですね……」

「熟練の動画配信者は数分でまとめた短い動画を出してて、不慣れな人は長い動画作るの不思議だったんだよな。でも自分でやってみてわかった。短くまとめるのって長く作るよりもすごい難しいって」

「そ、そうですか……」

「カットしちゃうの、アリスはいやだった？」

「そういうわけではないんですが……ええと……」

「不満があれば遠慮なく言ってくれ。これから一緒に動画を配信するビジネスパートナーなんだから」

「そ、そこです」

「そこ？」

「ほ、本当にこれを、全世界に発信するつもりなのですか？」

アリスは苦み走った顔で問いかけるが、誠《まこと》はにこやかに頷《うなず》く。

「まだやらない。動画のストックが増えてきたタイミングで本格的に投稿しよう」

「そ、そうですか……本気なんですね……」

「でもアリス、撮影中めちゃくちゃ楽しそうだったよ？　口調も、敬語を使いつつもちょっと砕けてて手慣れた動画配信者っぽさが出てたし。ファッキン・エヴァーン・クソ王国なんて言葉もアドリブだし」

「しっ、仕方ないじゃないですか！　軍にいたときのノリを思い出しちゃって！」

「こんなノリだったんだ」

「どうも男社会だったので、全体的に口汚かったですね……。このくらいの罵声言えないと舐《な》められちゃいますし」

「苦労したんだなぁ……」

「ともかく！　冷静に見返すとやっぱり恥ずかしいんです！」

アリスは、真っ赤になった顔を手で覆う。

「大丈夫、綺麗《きれい》だしキャラも濃いし、人気出るよ」

「濃いとはどういう意味ですかマコト！」

「異世界の迷宮を冒険する女の子って時点で属性盛りすぎだから、大丈夫」

「事実だから仕方ないじゃないですか！」

「そう、そこがいい」

と言って、誠はアリスを指さした。

「最初にこれを見た地球人は、絶対にアリスのことを痛いロールプレイだと思う。でもアリスはその思い込みを覆すポテンシャルがある」

「そ、そういうものですか……？」

「最初は苦労するかもしれないが、動画が増えていけば絶対に広告収入を得られるくらい視聴者が集まる」

「その、こうこくしゅうにゅう……という仕組みがよくわからないのですが」

アリスは眉をしかめながら首をひねる。

「ああ、そっか。確かにわかりにくいか。アリスはタブレットで動画サイトの見方はなんとなくわかったよな？」

「はい。あれから何度か借りて見てるので」

「アリスがよく見てる動画サイトは、『動画配信者になろう』というウェブサイトなんだ。基本的には誰でも動画を投稿することができる。会社や団体が公式動画を出してることも多いけど、チャンネル数で言えば個人で投稿してる方が圧倒的に多い」

誠はタブレットを操作し、『動画配信者になろう』というウェブサイトを表示してアリスに見せた。

「ところでアリスは、見たい動画を見ようとしたら全然関係ない動画が流れるのを見たことはないか？」

言われてみて、アリスは思い当たる記憶があった。

動画を再生すると、本編とは無関係の動画が流れることがあった。

「そういえばありましたね……。健康食品とか脱毛クリーム、あとはゲームの広告が流れたりしていました」

「それが動画の広告だ。そっちの世界にも看板とかビラとかはないか？　何か宣伝する人なんかは？」

「確かにいましたね。吟遊詩人に頼んで褒め称《たた》える詞を作ってもらう貴族もいました」

「その吟遊詩人ってのが一番近いかもな。有名な吟遊詩人に頼めば多分高く付くだろう？　配信者も同じだ」

「同じ？」

「アクセスしてくれる視聴者が増えて、一定以上の合計の再生時間を稼げば、運営サイトから『ユーザーに影響力がある人』と認めてもらえる。そして広告が見られたり、広告リンクを押して商品が買われたら『動画配信者になろう』が広告収入の分け前をくれるんだよ」

「直接その商品を宣伝しなくても？」

「そうだ。あ、でも有名になれば「直接この商品を宣伝してくれ」って案件を頼まれることもありえる」

「なんとなくわかってきました……たとえば『動画配信者になろう』の動画を見ていて、途中で10秒か20秒くらい挿入されるウザい広告を見たり商品を買ったり、気風の良さと厚かましさを少々勘違いしているふくよかな女性の漫画を読んだりすれば、動画を投稿した人にお金が入るというわけですか」

「広告収入以外にも、視聴者が配信者に直接お金を振り込んでくれるスターパレードチャットっていうのがあるよ。収益化が認められたらこの機能も開放されるんだ」

「あ、見たことがあります。配信中にお金と応援メッセージを送るアレですね。金額が大きくになるにつれて派手なメッセージになったり」

「そうそう。万単位のお金を投げると虹色の星の演出が出てくるから、虹スパなんて呼ばれてるね。ま、運営会社が何割か持ってくから全部懐に入るわけじゃないけど」

「そういうことですか……」

アリスは学校にこそ通ってはいないが、軍の中で読み書きや簡単な計算を覚える必要もあった。そこでアリスと同じ聖女のセリーヌが、書の読み方や魔法の使い方のついでに様々な基礎教養を教えてくれていた。だからアリスは決して戦うことしかできない人間ではない。むしろ飲み込みの早い方だ。タブレットの使い方もすぐに覚えて、配信されている動画をたくさん見た。

そのため動画から収益を得られる理屈については納得しつつも、「たくさん稼げる人なんてトップ層のごく一部だけじゃないの？」という当然の疑いを抱いた。

「……マコト。目標を決めましょう」

「目標か」

「これは、私に与えられた仕事です。半端はしたくありません。どうせなら本気で収益を狙えるように頑張りたいと思います。恥ずかしいのも克服します」

「無理はしなくて良いけど……」

「いや、やらせてください。どうすれば収益化できるのですか？」

「そうだな……とりあえずチャンネルフォロー1000件くらい集めたら何とかなったかな。あとは合計の再生時間だね」

オーバーラップ文庫&ノベルス NEWS
文庫注目作
『聖女アリスの生配信』、異世界から配信中！
バズれアリス1
【追放聖女】応援（いいね）や祈り（スパチャ）が力になるので
動画配信やってみます!【異世界⇒日本】
著：富士伸太　イラスト：はる雪
ノベルス注目作
公爵様や精霊たちに
見守られながら、
魔道具屋さんはじめます！
魔道具師リゼ、開業します1
～姉の代わりに魔道具を作っていたわたし、
倒れたところを氷の公爵さまに保護されました～
著：くまだ乙夜　イラスト：krage
2304 B/N

「ひとまずは視聴者を1000人集めるのが第1段階ということですね」

「あくまで収益をもらえる最低限のラインで、発生するお金も小遣い未満だけどな。だからもっともっと上を目指す必要はあるけど、まずはスタートラインに立たなきゃ」

「そのためにブックマーク登録やいいね評価は大事というわけですね」

「うん。大事だ。とても大事だ……まあブックマークや評価を増やすテクニックばかり上《う》手《ま》くなって肝心の動画の出来が悪いみたいな悲しい逆転現象を起こしちゃう人もいるけど……やっぱり仕事として成り立たせるにはすごく数字は大事なんだ……」

誠が頭を抱えるように呻《うめ》く。

初めて見る誠の苦悩の表情に、アリスが恐る恐る声を掛けた。

「ま、マコト、大丈夫ですか……？」

「い、いや、悪い。なんでもない。ただ……頑張って素晴らしい動画を作っても数字が上がらなかったり、逆になんとなく作った動画が何故《なぜ》かバズったりしたときのことを思い出して……」

「まあ、うん、予想外のことは常に起こるものです」

「でも、頑張って作ったけど数字の出ない動画って、熱烈に応援してくれるファンは喜んでくれるんだよ……！　数字を目指すべきか自分のやりたいものをやるべきか凄《すご》く悩んで……！」

「と……ともかくマコト！　動画を作るにあたって私に考えがあります！」

アリスが自信ありげに言い切ると、謎の苦悩をしていた誠が顔を上げた。

「考え？」

「マコトの世界にはダンジョンはありません。そういう理解で合っていますね？」

「ない。ダンジョンもないし、幽霊とかドラゴンとかもいない。あと人間より大きい蜘蛛《くも》もいない。アニメや映画で出てくるばかりで、実在はしない」

「であれば、私がダンジョンを探索したり、魔物を倒す動画を出せばきっと見る人は驚くはずです。私の世界で、聖者や聖女が魔物と戦う話は吟遊詩人も詩にして語り継ぐほどの人気がありました」

「確かに派手な絵は欲しいけど、無理はしなくていいよ。異世界の風景を紹介するだけでも十分アクセス数は稼げると思うし」

「心配ご無用です。ドラゴンはともかく、この霊廟《れいびょう》の浅い階層の幽鬼や、周辺に現れる蜘蛛くらいならば魔法で倒せますから」

「本当に大丈夫？」

「もちろん！……と言いたいところですが、ちょっと不安はあります。そこで相談がありまして……」

アリスは恥じらいながら、あるものを取り出した。

ごとん、とテーブルに重い音が響く。

「これは……剣か。そういえば、ドラゴンを切ろうとしたら壊れたって言ってたっけ」

それはアリスが幽神大砂界に足を踏み入れる前に、護送隊長から預かった長剣であった。

今はドラゴンの鱗《うろこ》に負けて、無残にも真っ二つに折れてしまっている。

「マコト、恥を忍んで頼みがあります。これを直すことはできませんか？」

そしてアリスは、うやうやしい手付きで剣の柄《つか》の方を誠に差し出した。

誠は柄を握り、誠の世界の方に引っ張り込む。

「……これが本物の剣かぁ」

誠の言葉に、アリスは嫌な予感がした。少なくとも簡単に話が進む気配ではないと感じた。

「む、難しいですか？」

「……難しい以前に、さっぱりわからない。金属を扱う工場とか金物店はあるけど、武器店なんてないんだよな」

「ええっ!? 武器店がない……!?」

その言葉は、アリスにとってショックだった。

「鍛冶職人なら探せばいるけど、大多数の職人が作ってるのは包丁とかハサミとか日用品だし……刀鍛冶なんてそんなにいない。あと法律にも引っかかったような」

「そ、そんな……」

アリスはがっくりと肩を落とした。

アリスは、誠から今まで現代技術を代表するような物品を見せてもらっていた。スマートフォンやタブレット、印刷物やテレビなどなどだ。知らず知らずの内にアリスは、「これなら武器も簡単に手に入るだろう」と錯覚していた。

「あんまり武器自体持っちゃいけないんだよな、こっちの世界では」

「……平和な世界が羨ましいですね」

「そんな重い羨望を持たれたのは初めてだな……いや、本当にすまん」

「き、気にしないでください。私のワガママですから……」

「だから、とりあえず間に合わせの品を用意しよう」

「間に合わせの品？」

アリスは誠《まこと》の言う意味がよくわからず、きょとんとした顔をしていた。

誠がアリスのいる『鏡』の前から2時間ほど去り、そして再び戻ってきた。

そして買い物してきた品々をアリスの前に並べながら説明を始める。

「というわけで、本日はこちらの品々をご用意しました」

「気になるお値段は!?」

アリスは日本の動画文化に染まってきた。

なんとなく誠のノリに合わせることもできるくらいだ。

「斧《おの》が6千円。鉈《なた》が1万円だ」

斧は薪《まき》割《わ》り用のものだ。柄は70センチほどで、刃渡りは10センチほど。そこそこ重量もある。

鉈の方は刃渡り15センチほどで、刃が薄いためか、見た目ほどの重さはない。頑丈さよりも使い勝手を優先している製品だった。

「そちらの金銭感覚はまだ摑《つか》めてないのですが……これ、安くないのでは？」

「必要経費だよ。給付金はまだまだ残ってる」

「本当にすみません……何から何まで……。こうなったからには、私も全力で撮影に取り組みます！」

と、アリスは決意に燃える目で言った。

アリスは動画に出ることに、まだまだ恥ずかしさが残っている。だが目標を立てて必要な機材を揃《そろ》えたあたりで、恥ずかしさでまごまごしていることの方に恥ずかしさを覚えてきた。「ここでやる気を出さねば聖女の名がすたる」とまで思い始めた。

「あー、まずは魔物退治する動画とかは考えなくていいよ。そのあたりの風景を録画してきてもらうだけで良いから」

「任せてください！」

「ウェアラブルカメラも、録画オンにしてるからそのまま周囲を散策してくれれば大丈夫。まずはカメラのテストや撮影に慣れることから始めよう。編集して切り貼りして上手く使えたらそれで儲《もう》けもの……くらいの感覚で大丈夫」

「承知しました！」

「あとは……」

「心配ご無用！　聖女アリス、バズ動画を撮ってきます！」

こうしてアリスは立ち上がり、撮影へと旅立った。

■ホームセンターで売ってる鉈や斧で、人間より大きい蜘蛛型モンスターを倒せるか検証してみた

／フォロワー数：０人　累計good評価：０pt

地球のみなさーん！

聖女アリスですよー！　へへいへい！

2回目の動画になります、張り切っていきましょう！

さて、今回の動画ではいよいよ外の様子を撮影しようと思います。

まずは霊廟の中の私の部屋から出てみましょうか。

なんでかわからないんですが、千年経《た》っても不思議と壊れたり荒れ果てたりはしていないようなんです。

……で、私の部屋を出て廊下を抜けて、一番大きな通路に出ました。

通路沿いに進めばそのまま外に出られます。

で、歩いていくと……ここから外になります。

さっきまで居た霊廟を外から眺めてみましょうか。

どうです、けっこう大きな建物でしょう？

地球の超高層ビルほどではないかもしれませんが。

でも、この太い柱は日本の皆さんもあまり見ないと思うんですよ。

太さは3メートルくらい。高さは……たぶん40メートルくらいかな？

天井が高すぎて寒いんですよね。部屋の中も隙間風が凄く吹き込んできますし。

まあ、霊廟の方はこのくらいにして、周囲の方に目を向けましょう。

……さあ、ここが！　幽神大砂界です！

めちゃめちゃ眩《まぶ》しいでしょう？　砂が普通の砂じゃなくて、なんかガラスとかオリハルコン？　とか言うよくわかんないものが粉々になってできあがった砂漠なんだそうです。

見てる人にとっては「うわっ、まぶし」で済むんですが……ここ、クソみたいに暑いんですね。

暑いっていうか熱いですね。

ああ、私は日焼けとか火傷《やけど》とかはしないです。根性でなんとかなります。

嘘《うそ》です。

根性じゃなくて、魔力ですね。魔力が強い人間は、自然にバリア的なものが張られて熱や紫外線から守られるんです。あとは剣で斬られたり嚙《か》みつかれたりしても軽傷で済んだり。

ただ、相手も魔力を持ってたりするとそのバリアも破られたりします。なので筋力＋魔力で、最終的な防御力や攻撃力になるっていうか……。

……おや？

みなさん向こうの方は見えますか。

いま、ちょうどよく魔物がいました。蜘蛛《くも》です。

クリスタルスパイダーという強敵ですね。こっちの方が風下なので、まだ気付かれていません。

ただの鹿とか虎とかウサギとかハイエナなら可愛《かわい》いもので見逃しても問題ないんですけど、魔物は人間を見ると本能的に襲いかかってくるんで非常に厄介なんです。なので、まあ、先手必勝あるのみですね。

サクっとやってしまいましょうか。

◆

誠は、アリスが撮ってきた動画データを確かめていた。

最初の動画のように、妙なハイテンションとシニカルさを兼ね備えた喋《しゃべ》りは配信者向きだと思いながらチェックする。だがそのとき、突然映像がジャンプした。気付けば、カメラの前に巨大な蜘蛛がいる。

「あれ？　動画が飛んだ……んじゃない。うわっ」

一瞬でカメラが切り替わったという錯覚を覚えるほどに、猛スピードでアリスが移動しただけだ。

誠はじっと動画を見続けた。

一方、アリスは誠の対面の椅子に座り、膝を抱えている。

アリスなりの「凹《へこ》んでいます」の姿勢だった。

『死ね！！！　ホームセンターDO　IT　YOURSELFオリジナルブランド税込6千円の斧が！！！　あなたの運命です！！！』

動画の中のアリスが斧を振り下ろすと、左側の足が3本ほど吹き飛んだ。

蜘蛛が体勢を崩す。わしゃわしゃと体を動かそうとするが上手《うま》くいかない。

跳躍しようとしてバランスを崩し、ずっこけた。

『往生際が悪い！　逃がしませんよ！！！』

そしてアリスが蜘蛛の背後に回り込む。

大柄な蜘蛛の背中を踏み台にして、今度は鉈を振り下ろした。

蜘蛛の関節部にがっつんがっつん何度も振り下ろす。

「これ……戦闘っていうか……。解体だ」

このとき誠の脳裏に浮かんだのは、釣り動画や魚さばき動画だった。釣り船で釣った魚を活《い》け締《じ》めしているかのような、戦いの匂いさえないほどの圧勝である。

『はぁ、はぁ……っしゃオラァ！　この通り、ホムセンで売ってる刃物でも十分に魔物は、倒せますね！』

　動画の中のアリスは息が荒い。

　うわずった声でナレーションをしている。

　あんな速度で魔物を倒したのだ、流石《さすが》に疲労はあるのだろう。

『ふう、すみません深呼吸しますね。すぅー、はぁー……』

　が、1分くらい休めばすぐに呼吸は落ち着いた。

　そして再び霊廟《れいびょう》のいつものアリスの部屋へと戻る。

　アリスはそこでカメラを切り、映像が途切れた。

「なるほど……これが今撮ってきた内容で……その結果、ホムセンの鉈がこんなことになっちゃったわけだ」

「しくしくしく……」

　アリスは動画を撮ったカメラを誠に渡し、そのまましくしくと泣き続けていた。

　鉈が一度で使い物にならなくなったからだ。刃こぼれが酷《ひど》く、柄もガタついている。

「いや、うん……そうなるわな。よくもった方だと思うよ」

「ごめんなさい……本当に申し訳ありません……ていうか、見直してみたらグロ動画になってますよね……見せられますかねこれ……」

「そんなことはない。この動画は価値がある」

「はぁ……大丈夫でしょうか……？」

「正直言うと、動画運営側が子供に見せられない動画って判断する可能性はあるかも……」

「ええっ」

アリスの顔が絶望に彩られる。

しかし、誠《まこと》は語気を強めて話を続けた。

「けど、この霊廟の映像だけで歴史建築マニアは飛びつくし、蜘蛛の映像だけでも生き物クラスタが飛びつく。なんならアリスが美味《おい》しそうにご飯食べてるだけだって絵になる。確かにアリスの戦う姿は格好いいし迫力あるけど、それ以外にもいろんな魅力がある。色んな動画を取ってトライアンドエラーを続ければきっと成功する。自信を持つんだ」

誠が強く断言する。

アリスは気圧《けお》されて、こくりと頷《うなず》いた。

「は、はい」

「けど、あんな大きな蜘蛛がいるなら護身用の武器は確かに必要だよな……相談するか」

「相談？」

「武器店や武器職人に心あたりはないけど、金属製品に強い人なら知ってる」

「……こいつはおったまげたね」

誠に呼び出された女性が、ぽかんとした顔で呟《つぶや》いた。

その視線の先にあるのは『鏡』、そしてアリスだった。

「ど、どうも、こんにちは、アリスと申します」

「うん、初めまして……」

誠の従姉《いとこ》の翔子《しょうこ》という女性だそうだが、彼女の姿にアリスはちょっとびびっていた。

いわゆる普通のレディーススーツなのだが、アリスの目には貴族か高級商人の装いに見えた。眼鏡もシャープで格好良い。

そしてアリスは、貴族や高級商人から嫌味を言われたり騙《だま》されたりすることが多かった。

「確認するよ、誠。突然この『鏡』が変な世界に繋《つな》がって、そこのアリスちゃんがいたと？」

「そうだ」

誠が、翔子の言葉に頷いた。

「で、アリスちゃんを助けるために食料とか服とか毛布とかを与えたと」

「そうだね」

誠が再び、翔子の言葉に頷く。

「で、一緒に動画配信者になると」

「そういうことになった」

「それがわかんねーんだけどぉ!?」

翔子がキレ気味に質問をぶつけた。

アリスは自分が怒鳴られたかのようにびくりと震えたが、当の誠はまるで気にせず、翔子の言葉に頷いた。

「翔子姉さん。気持ちはわかるが怒らないでほしい。俺もわけがわからないんだけど、そういうことになったんだ」

「流石にこりゃ予想外だったよ……電話で真剣な声で相談があるって言われたから、てっきり金に困ったからお金貸してーとか言われるのかと」

はぁ、と翔子が疲れた溜《た》め息《いき》をつく。

「言ったじゃないか、大丈夫だって」

誠が憮然《ぶぜん》として反論するが、翔子の目は厳しかった。

「それは『今月は大丈夫』ってことなんじゃないかい? まさか半年とか1年とか、ずっとこの状況が続いても大丈夫って言えるかい?」

「それを言われるとキツいなぁ」

誠がへらへらと笑う。

アリスは、ちょっとばかりカチンと来た。アリスは誠に「本当に大丈夫なのですか?」

と常々聞いているし、誠はいつも言葉が曖昧だった。彼の経営しているレストランも、病気とやらのせいで儲《もう》かっていないことも知っている。「私なんかを助けている場合ですか」と、一度叱ろうかと思っていたくらいだ。

　そこでアリスが口を開きかけたが、先に翔子の口からお叱りが出た。

「あんたねー、他人を助けてる暇あるのかい？」

「そうですそうです！　もっと言ってください翔子さん！」

　思わずアリスは、翔子の言葉に乗っかった。

「余裕あるんですかって聞いても、この人いつも曖昧にはぐらかすんです。キュウフキンがあるから大丈夫とかなんとか……」

　くどくどとアリスが愚痴を漏らす。今までの疑心がうっかり爆発してしまった。

　翔子はそんなアリスの様子に呆気《あっけ》に取られ、相槌《あいづち》を打ちながら言葉を聞いていた。

「……というわけなんですよっ！　私の言うことちっとも聞いてくれないし！　ねえ翔子さん！」

「あっはっは、なんだいそりゃ」

　話し終えたところで翔子は声を上げて笑った。アリスが困惑して首をひねる。

「え、えーと、なにか面白かったですか？」

「あべこべじゃないかい。誠は能天気で、あんたが誠の懐を心配してるんだから」

「は、はぁ……」

「気に入った。相談があるなら乗るよ」

「え?」

アリスの困惑など意に介さず、翔子は話を続ける。

「あたしが気になったのは、鏡が異世界に通じてるってことだけだよ。誠が苦しい女の子を見捨てて放置したらむしろ怒るところさ」

「え、そっちですか?」

「だいたい誠、アリスちゃんのこの服はなんなんだい! もうちょっと可愛い服とかあるだろ!」

「あ、うん、それは同感」

アリスが今着ているのは、宇宙を背景にして猫がフレーメン反応をしている柄のパーカーだ。サイズが大きすぎてだぶだぶになっており、それをワンピースのようにして着ている。

誠は他にも落ち着いたデザインの服を通販で買って与えていたが、なぜかアリスは猫パーカーを好んで着ていた。

「ファッションセンスもアレだし、部屋は殺風景だし……もうちょっとなんとかならないのかい。ベッドもないし。石畳の上に布団じゃ寒いだろう」

「今、アレって言いました？」

「一応布団の下にアウトドア用の断熱シートを敷いてるけど、やっぱりベッドのほうが良いよなぁ」

「今、アレって言いましたよね？」

翔子が、アリスの質問をスルーして手をぱぁんと叩《たた》いた。

「よし！　乗りかかった船だ。服とか毛布とかベッドとか、まずはそっちを用意しようじゃないか」

「え？　い、いや、これ以上は流石にもらえません！　十分です！」

「年頃の女の子をそんな殺風景な部屋に住ませとくわけにはいかないよ。武器だかなんだかが欲しいみたいだけど、ちゃんとした生活をしない人にはなにもあげられないね。ちょっと待ってな」

「待ってなって、翔子姉さんどうするつもりだ？」

「ちょいとツテがあってね。またすぐ来るよ！」

翔子は困惑する二人にそれだけ言い残して、颯爽《さつそう》と去っていった。

アリスは、最初に感じていた翔子への警戒心などすっかり忘れてしまって後ろ姿を見送った。

翔子が再び現れたのは次の日のことだった。

「こりゃ見違えたな……」

「はっはっは、これがちゃんとした生活ってもんだよ」

翔子が、鏡の向こうのアリスの部屋を見て自慢気に微笑《ほほえ》んだ。

昨日の今日で、翔子は様々な家具を調達して持ってきたのだ。

アリスの部屋に新たに置かれたのは、まずは簡易な組み立て式ベッド。

そしてアルミ製のラック。

床に敷く分厚い絨毯《じゅうたん》。

椅子と机、クッションやカーテンなどもアリスの部屋に押し込んでいる。

一人暮らしの女の子の部屋……というにはまだまだ物が少なく、壁や天井の無骨さも消しきれていないが、それでも十分に見栄えするようになった。

「まだまだ足りてないところはあるけど、まずはこんなところかね」

「しかし翔子姉さん、どこで見つけてきたんだ？　もしかして全部新品？」

「……知り合いの娘さんが旅行代理店に就職して東京に引っ越す予定だったんだけど、コロナで内定取り消しになっちゃってね……家具店に返品しようにも上手《うま》くいかなくて扱いに困ってたんだよ……」

「つ、つらい……」

「中古の家具店に売ろうにも安く買い叩かれるのがオチだし、せっかくだからあたしが買い取ったのさ。あんたらが儲かったら代金を請求するから、がんばるんだよ」

「いや今払うよそれは」

「ダメだ。あんたはあんたの店の心配をしな」

翔子は頑として受け取るつもりはなさそうだった。

仕方ない、きっちり稼いで倍にして返そうと誠は内心で決意をする。

「そういえばアリスはまだ着替え中かな？」

「こ、ここにいます」

アリスは、鏡の前にいなかった。

誠たちに見られないよう、家具の物陰に隠れていた。

「着替え終わったんだろう？　恥ずかしがってないで出ておいでよ」

「わ、笑いませんか？」

「笑うわけないだろう。ほら、早く」

翔子に急《せ》かされ、アリスがおずおずと鏡の前に現れる。

そこには、現代的なファッションに身を包むアリスがいた。

「ど、どうでしょう……？」

頭にはキャスケットを被《かぶ》り、サングラスを掛けている。

上半身は涼し気な半袖のパーカー。ただし柄は猫ではない。

下半身はスキニーなデニムパンツで、靴は白字にピンクのラインが入ったスニーカー。

つややかな銀髪以外、地球人との違いはどこにもなかった。

「うん、いい感じだね」

「おお！　似合う似合う！」

翔子が自慢げに微笑み、誠《まこと》も手放しで褒めた。

「ううっ……どうも落ち着きません……」

そしてアリスは正反対に、悔しそうな恥ずかしそうな顔をしていた。

「クール系だな。帽子もサングラスも格好いい」

「向こうの世界が砂漠らしいからサングラスあると便利だと思ってね。ちなみにもっと可愛《かわい》い感じの服もあげたよ。着たがらなかったみたいだけど」

翔子《しょうこ》は、妙に残念そうな口ぶりで言った。

「翔子姉さん、着せたかったの？」

「ウチの家族や親戚は男ばっかりだから、女の子の服を買って着せるってやってみたかったんだよね」

「助かるよ。俺が女の子の服を全部選ぶのは流石《さすが》にセンスの問題が出るし」

「こういう手伝いなら大歓迎さ」

ふふっと翔子が笑う。

しかし、アリスが困り顔で口を挟んだ。

「で、ですが、流石に贅沢《ぜいたく》というものでは……」

「大丈夫、必要経費だ。なろチューバーっぽいカジュアルな印象の服装をするのは仕事の一つ。今の時点ですごく絵になってるし、絶対に視聴者数を稼げる」

「じょ、冗談はやめてください……」

「口説くならあたしのいないところでやりな」

誠の言葉に、アリスがますます恥ずかしそうに身じろぎし、翔子が呆《あき》れたとばかりに肩をすくめた。

「い、いや、そうじゃなくてだな！　配信者としての仕事をする上で服は必要だし、そうでなくても生活必需品だし、遠慮して欲しくないんだ。何か他に着たい服はないか？」

「え、ええと……」

アリスは悩んだ。本当は、来てみたい服が一つあった。

「制服、着たいです」

「制服？　何の制服？」

「ええと、ブレザーとかセーラー服、って言うんでしたっけ。コーコーセーという学生が着ているあれです」

そのアリスの言葉に、誠も翔子も固まった。

「………誠、あんた」

「い、いや！　俺は悪くないよ!?　た、多分。そのはず」

翔子に睨《にら》みつけられた誠はぶんぶんと首を横に振る。

「あ、もしかしてまずいですか？　す、すみません、忘れてください」

何やら危うげな気配を察してアリスは頭を下げた。

翔子は渋面を浮かべながら事情を尋ねる。

「悪いってわけじゃないけど、なんで女子高生の格好を？」

「漫画やアニメだとみんな着てるじゃないですか。だから私も、みんなが着てる格好をしてみたいなって……。私、学校って行ったことないですし……。こちらの世界にも学校はあったけど、部活とか文化祭とか、勉強しながら楽しく過ごせる場所とかじゃありませんでしたし……」

そのアリスの説明を聞いて、誠と翔子はホッとして胸をなでおろした。

「そ、そうか。高校とか女子高生とかの文化がそっちにはないんだ。当たり前だけど」

「アリスちゃんには、そういう文脈が通じないんだね……アリスちゃんの背丈なら着ても違和感ないし似合うだろうけど……」

「文脈？」

このときのアリスは「26歳の女性が女子高生の制服を着る」という行為が倒錯的であることにピンと来ていなかった。「アニメや漫画に出てくる可愛い少女たちが着ている服」という、牧歌的なイメージしかない。

そして誠と翔子も、その牧歌的なイメージを壊すのが残酷に思えて、真実を告げることができなかった。

アリスは近い将来、日本の文化を深く理解して自分の発言を後悔し、「どうして教えてくれなかったんですか！」と誠たちに逆ギレすることになるのだが、まだそれは先の話であった。

「と、ともかく、手に入ったら寄越《よこ》すよ。似合うと思うし……」

「ありがとうございます！」

アリスが満面の笑みで喜び、翔子も苦笑しながらうなずいた。

「翔子姉さん、いいのか……？」

「ダメだって言えるかい、あんた」

「言えない」

小声で誠と翔子がひそひそと会話するが、それはアリスの耳には届かなかった。

アリスは嬉《うれ》しそうに言葉を続ける。

「でも、無理しないでくださいね、新しい服を買う前にもらったものを大事にしたいですから」

アリスがはにかみながら言うと、誠と翔子は満足そうに頷《うなず》いた。

そして「制服は保留にしとこう」と心に誓った。

「ところでアリスちゃん、他の家具類は大丈夫かい？　組み立ては任せちまったようだけど」

「いえ、問題ないです。陣地の設営にしろ大工仕事の手伝いにしろ、戦争中はよく手伝ってましたから。棚もベッドも組み立てやすかったです」

「そりゃよかった」

「で、そのぅ……そろそろ本題の相談をしたいんですけど、いいですか……？」

アリスがおずおずと話を切り出すと、翔子はしっかりと頷いた。

「ああ、もちろん。服のコーディーネートは……」

「そ、そうではなく！　武器です！」

翔子の言葉を遮るようにアリスが叫ぶ。

「武器？」

翔子がきょとんとした顔で聞き返した。

ようやく誠は、翔子に本来の相談内容……武器がほしいことを説明し始めた。

タブレットを持ち出し、アリスが蜘蛛《くも》退治する動画を見せる。

「……こりゃまた……ヤバいね」

「翔子姉さん、語彙力が低下してます」

「いや、ヤバいとしか言いようがないじゃないか……」

翔子は再び驚き、戦慄していた様子だった。

アリスの状況が洒落《しゃれ》になっていないことを、改めて思い知った様子だった。

「アリスちゃん」

「なんでしょう、翔子さん」

「……魔物と戦う動画を撮るって、あんまり危なっかしいことはするべきじゃないと思うけどねぇ」

「そ、それはそうなのですが……！」

「ただ、危なっかしい魔物とかいうのが近くにうろついてるんなら、武器は必要なのかもね……うーん……」

翔子が顎に手を当てて悩み始めた。

「そ、そうなんです！　火の粉を振り払うためにも必要なんです！」

「そういうことなら協力してあげられないこともないが……」

「いいのですか!?」

「ただ、あたしは武器職人でも武器商人でもないけどね。できることは限られてるよ」

「そうなのですか？　ではなにを仕事にしてるのでしょう……？」

「工場の経営者さ。鋼材を削っていろんな部品を作ってる」

「はぁ」

アリスは翔子の仕事内容が今ひとつわからず、曖昧に頷いた。

「流石に刀鍛冶をしたことはないけど、刃物も作ったことはあるよ」

「えっ、そうなんですか!?」

「コンビニとか惣菜《そうざい》の工場で食パンとかピザとかを切断する専用機械だけど」

「しょ、食パンですか」

「ともかく、折れた剣をなんとかしたいって話だったね。見せてみな」

アリスは、『鏡』を通して真っ二つに折れた剣を渡した。

翔子は軽くこんこんと叩《たた》いたり、折れた箇所をしげしげと眺めている。

「へぇ……実用品としての剣は初めて見るよ」

「最初は鉈《なた》と斧《おの》を渡したんだが、ホムセンの物じゃ流石に軽すぎたみたいだ。かといって日本刀みたいなものを買うのも難しいしな」

「アウトドア用の高級品とかでもいいんじゃないかい？　あるいはアメ横あたりのミリタリーショップでアーミーナイフ買うとか」

「その手の高級なナイフを目的外利用すると各方面から怒られる気がする。それに販売店経由で身元がバレそうで怖いな」

「確かにね……。それに、ナイフでさえ軽すぎてダメかもしれない」

「もう少し刃渡りと厚さがあれば申し分ないのですが……」

アリスが残念そうに呟《つぶや》く。

「それでこれを直したいというわけね……でも正直言って、あまりお薦めはしないよ。溶接して無理やりくっつけても強度が落ちたりするし」

「やはり難しいですか」

翔子の言葉に、アリスは肩を落とす。

「でもそんなに珍しい素材を使ってるようにも見えないね。一応詳しく確かめてみるけど」

「材質って、鉄だろ？」

「鉄にも色々あるのさ。純粋な鉄なんてそうそう出回ってなくて、世の中にある鉄にはだいたい不純物が混ざってる合金でね。その不純物の比率次第で硬くなったり柔らかくなったり、錆《さ》びないステンレスになったり、色々と違いが出てくるんだよ」

「ああ、それで剣の硬さの違いが出てくるってことか」

「あとは焼入れしたり表面処理したりでも変わってくるよ」

「おお……」

アリスと誠《まこと》が、翔子《しょうこ》に尊敬の眼差《まなざ》しを送る。

「な、なんだい、その目は？」

「なんかプロっぽいな……流石《さすが》は社長」

「そりゃ社長だからね」

謙遜なのか自慢なのかよくわからない呟きだなと誠は思った。

「それで、修理が難しいなら……買う？」

「そっちのが無茶だと思うよ」

誠の言葉に翔子が渋い顔をした。

「こういう洋風の剣の方が日本刀より入手するのは難しいだろうね。日本刀は美術品扱いで手に入れられるけど、刃のついた本物のサーベルなんか間違いなく銃刀法違反になっちまう。それにアリスちゃんの剣って、西洋刀剣やサーベルとも違うんじゃないかい？」

「え、そうなの？」

「これ、割れてなかったら4キロくらいあるだろ。剣ってこんなに重くないはずだよ。剣っていうか、これはもう刃のついてるだけの鈍器だね」

「……確かに、これを振り回すとなったらすごく重いな。てか、日本刀とかより分厚くないか？　なんか出刃包丁をそのままスケールを大きくしただけっていうか……」

誠の言葉に、アリスは思い当たるところがあった。

「そういえば聞いたことがあります。昔の騎士はもっと薄い剣を使ってたのですが、魔物やスケルトンやゴーレムといった硬くて大きな敵と戦うために分厚くしたんだとか」

アリスの言葉に、翔子が納得したように頷く。

「なるほど、斬る相手に合わせて剣の形状や重さが変わってきたわけね……ということは」

地球の刀剣を渡すのは解決にならない？

アリスはそう察して、落胆の感情を顔に浮かばせていた。

だが、何故《なぜ》か翔子は自信ありげに微笑《ほほえ》んでいる。

「そこで提案があるんだよ」

翔子は自分のカバンからメモ用紙を取り出し、そこにボールペンで何かを書き始めた。

「こんな感じかね」

「えーと……ただの四角？」

翔子は、紙に2つの四角形と、1つの五角形を並べて描いた。

五角形は細長く描かれてる。

話の流れからしてこの五角形は、刃の断面図のようなものだろう。

「三面図だよ」

「でも、これだと真《ま》っ直《す》ぐで薄い鉄の板に刃をつけただけに見えるが……。剣というよりただのカッターナイフの刃をデカくしただけじゃないか？」

「その通り」

翔子が描いた剣の図面は、ひどく素っ気なかった。鍔《つば》がない、だけではない。切っ先さえもない。分厚く細長い、四角い板だ。コンビニで売っているアイスのように、鉄板に棒が刺さっているだけだ。

「あたしのできる範囲で作れるのは剣じゃない。刃物や金属製品。刀剣じゃ法律に違反するしね。一線は守らなきゃ」

「いやでも……用途としては剣でしょ？」

「大丈夫。切っ先がない。鍔がない。法律的には剣じゃあないさ。作っている過程を見られても実用の剣とは思われないよ」

「つまり……使い勝手の問題とかじゃなくて、何を作ってるかごまかすためにこういうシンプルな作りにするって？」

「うん。『こういうものならできますよ』という提案さ」

「う、うーむ……」

あまりに身も蓋もない青写真に、誠が難色を示しつつアリスの方に向き直った。

「アリスはどうだ？」

「わ、私ですか……？」

アリスはそわそわしていた。

誠とは違い、正直言って興味を惹《ひ》かれていた。

「なんでも言いなよ。というより言わなきゃ始まらない」

誠に促され、アリスは翔子の顔を見た。

「え、ええと……翔子さん、確認させてください」

「なんだい？」

「本当に、このサイズのものが作れるんですか？」

「問題ないよ。なんならもっと大きくたって……」

「ぜひ！　お願いしたいです！」

「よし、契約成立だ。握手できないのが寂しいね」

「まったくです」

アリスがくすくすと笑った。

こうして、アリスのための剣の製造が始まった。

1週間ほど過ぎたあたりで、再び翔子が現れた。

アリスと誠の前に、ずずいっと頼まれた物を差し出す。

「これ、ただの鉄だよな……？　なんていうか、鋼材とか建材そのまま……？」

誠の忌憚《きたん》ない言葉に、翔子は気分を害するでもなく頷《うなず》いた。

「その通り、ただの鉄だよ。一応、クロムモリブデン鋼を焼入れして……まあ、大雑把に言えば、配管とか自転車のフレームとかに使われる合金を削って焼いて硬くしただけ」

翔子が差し出したものは、菜切り包丁や中華包丁をまっすぐ伸ばしたような形をしたものだった。剣と呼ぶにはあまりにも工業製品の匂いが強すぎた。取っ手をつけただけの鉄板と言われても言い訳ができない、そんな無味乾燥な形だ。

「柄と刃が一体なんだな」

「そういう包丁、たまに売ってるだろう？」

「うん、まあ、あるけど……出刃包丁よりもつっけんどんな形だなぁと」

「用途としては出刃包丁と似てるだろうからね。あと、刃は磨いてないから切れ味は鈍いよ。重量があるからそのままブッ叩いてもなんとかなるけど」

「え？　なんで？」

「あたしのところで完璧な剣として完成させるわけにはいかないからね。一番最後の研磨はアリスちゃん自身にやってもらう。道具は持ってきたよ。研磨粉とか包丁研ぎ用グラインダーとか。ああ、使い方もちゃんと教えるからそこは任せな」

「うーん……」

誠は微妙な印象を抱き、そしてそれを予測していた翔子も淡々としていた。

だが一人だけ温度が違った人間がいた。

「すごい……これです、これでいいんです！　持ってみてもいいですか？」

アリスは、きらきらした目で剣を見つめていた。

「10キロくらいあるから気をつけるんだよ」

「いえ、私には軽いくらいです。ちょっと素振りしてみます」

アリスは剣を受け取ると、それなりに重量があるはずの試作の剣をひゅんひゅんと振る
う。まるで竹刀のような軽やかさで扱っている。

「とりあえずこれを使ってもらって、そこから改良点を洗い出そうか」

「はい！　まずはお試しということですね！」

「そういうことさ。あたしは別に武器職人でも鍛冶職人でもないからね。けど、それらし
い試作品を作って、反省点を元に改良することはできるよ。それに……」

翔子が言葉を切り、意味深に微笑んだ。

「この方が動画として面白いだろ？」

「おお、さすが翔子姉さん……。商才がある」

誠の褒め言葉に、翔子がふふんと微笑む。

「もっと褒めてくれていいんだよ？　で、アリスちゃん、振ってみた感触はどうだい？」

「いえ、これだけのものを作ってもらったのです、文句もなにも……」

「感謝してくれるのは嬉《うれ》しいけど、それはそれとして問題点を洗い出したいのさ。初めて作るものだし商品レビューと考えておくれ」

「そ、そういうことなら……」

アリスは、神妙な顔をして何度か素振りをした。剣を振った音というよりは、近くでエンジンが唸《うな》っているかのような迫力ある風切り音が響く。

「柄の部分……握ってる方がもう少し重いと助かります」

「あ、そうか、今は重心が偏ってるからね」

「はい。槍《やり》で言うところの石突きのようなものが欲しいですね」

「じゃあ柄の方にウェイトを付ける形で対処しよう。改造を繰り返して適切なバランスを割り出して、それを次回に活《い》かそうか」

「それと、これを置いておける台座かなにかはありませんか？」

「そういえば鞘《さや》もなにもないね……」

「あ、確かに」

翔子も誠も、「忘れてた」と言い、アリスがくすくすと笑った。

その他、細かい相談をしながらアリスの武器製造計画は進んでいった。

えー、まず、注意喚起から始めます。

動画の5分から10分までの部分について、流血描写や、人によってはグロと感じる映像が入りますのでご注意ください。大きな鱈《たら》とか鮫《さめ》あたりの魚さばき動画が大丈夫なら問題ないと思いますので、よろしくおねがいします。苦手な人はシーケンスバーをいじって10分後に移動してくださいね。

……ってわけで、はい！　ついにダンジョン攻略の動画を始めて行きたいと思います！

私が幽神霊廟《ゆうしんれいびょう》という場所に住んでいることは説明しましたが、幽神霊廟とは何なのかはまだ説明していませんでしたね。

霊廟という名の通り、ここはお墓です。

それも人間の墓ではなく、神様の墓です。

過去に世界を危機に陥れた、幽神とかいう迷惑な神様の死体と魂がここに眠っています。ですが幽神の魂がここにあるというだけで謎のエネルギー的なものが発生して、魔物が勝手に生まれてきます。で、魔物が増えすぎると人間を食べたり環境を破壊したり色んな悪影響が出てくるので、私はここで駆除を命じられているわけです。

ちなみに、魔物は瘴気《しょうき》とかいうよくわかんないエネルギーの塊みたいなもので、殺すときは若干グロいですが死体は2、3日くらい経《た》てば砂みたいになって消えます。放置して環境が悪化するとかはないのでご安心ください。水が水蒸気になるようなものらしいです。よくわかんないですけど。

さて、前置きはこのくらいにして、攻略していきましょう！

あ、地下1階層から5階層までは早送りで行きますね。絵面が地味なので。

……ってわけで、地下6階層に到着しました！

どうです、この景色！

地下だというのに緑色の大草原！　そして青い空！　眩《まぶ》しい太陽！

不思議な力で別の空間に繋《つな》がっているのだそうです。ここまで不思議空間だと私もよくわかりませんが、私の部屋にも変な鏡があるし、細かいことは頭の良い人がいつか解明してくれると信じて気にしない方向で行きます。

ではそろそろ今回の動画のタイトル回収と行きましょうか。

鋼材から作った剣はドラゴンの鱗《うろこ》を貫けるか試してみた！

わー、ぱちぱちぱちー。

本日用意しましたのは、こちらですね。

剣です。

と言っても、どこにでもある鉄を切断したり焼入れしたり刃の形状に削っただけで、それ以外にあまり特別な処理は加えていないそうです。本当に単なる鉄板です。

とはいえこれだけ重量があれば十分に武器として活用できると思うんですよね。できるできないじゃねえ！　やるんだよ！　という勢いでドラゴンを一発スレイヤーしたいと思います。

……というわけで、ドラゴンを探しに散策に行きましょう。

このあたりを歩けばすぐに見つかると思うので……と、早速、第1ドラゴン発見しました。5分掛かりませんでしたね。

あ、目が合いました。

めちゃめちゃ吠《ほ》えてますね。

ぐあーとか、ごあーとか、うるさいです。

魔物というのはこんな風に、人間と目が合っただけで全殺しするつもりで来るので大変危ないんです。新宿やミナミのヤクザより多分強いので、戦闘の心得がない人はくれぐれもこちらの迷宮などには立ち入らないようにしてください。ああ、でも、4トントラックにブチ轢《ひ》かれてもピンピンしてるとか、そのくらい強ければ大丈夫だと思います。

というわけで……かかってきなさい！　そこのドラゴン！

あっ、反応しました！　来た来た！

襲いかかってきましたね！　そりゃー！

あっ、今、一発斬りかかってみたんですが、剣は大丈夫ですね！

ドラゴンの鱗に当たっても折れてません！

ドラゴンの方もめっちゃびびって空を飛んでいきました。

さあ、ドラゴン退治は、ドラゴンが空を飛んでからが本番ですよ！　高く飛ばれる前に翼を折って落とすのが定石なんですが、今回はあえてハードモードで行こうと思います。

そんなわけで、ばっちこーい！

ヘイ！　カモン！　ドーラゴーンくーん！

さあさあ！　今の私は隙だらけですよー！

……あれ？

ちょっとー、戻ってきてー。

ねえってばー！

……戻ってこないですね。

これは、ちょっとファーストコンタクト失敗しちゃいましたかね？

あっちゃー、もうちょっとこっちが弱いフリした方が良かったかもしれません。

しかたない、第2ドラゴンを探しに行きましょ……おっ？

来た。

来ましたよ。

皆さん見えますか？

仲間を引き連れて来ました。

勝てないと見るや即座に仲間を頼るとは、あいつ本当に誇り高きドラゴンでしょうか。

隊列を組んで一斉に攻撃する構えのようです。

へーえ。

なぁるほどねー、そーゆーことしちゃうわけだ。

はっ。

しゃらくさいじゃない。

今、少しずつ近付いてきてて、あと30秒ほどで私に激突するコースでしょうか。
29、28、27、26………ああもうカウント面倒くさい！　こっちから仕掛けます！
まっすぐ行って剣で叩《たた》く、それですべては解決します！

クロムモリブデン鋼、ロックウェル硬度60ドラゴンバスターソードが！！　あなたたちの運命です！！　どりゃあぁー！

……あー、疲れた。

しぶとかったですねー、そこらの野良ドラゴンより強かったかもしれません。

恐らく魔物の生育環境としてはとてもよいのでしょう。

ただ向こうは人間と戦い慣れしてない感じがして、付け入る隙は十分にありました。

そんなわけで勝ったんですが……剣がちょっと曲がっちゃいましたね。

ですが完全に折れたり割れたり、ということはありませんでした。

いい仕事してますね！　合格！

しかし、流石《さすが》に空を飛ぶドラゴン5匹と正面からガチ殴りするのは蛮勇でしたね。さっきも言いましたが1匹ずつ慎重に、翼とか足とか、脆《もろ》そうなところを潰して地面に落とすのが定石というものでした。

まあ試合内容の講評はともかく、勝利は勝利です！

鋼材で作った剣で、ドラゴンは倒せます！

◆

以上が、完成した動画の内容であった。

誠《まこと》はこれをインターネットに公開する前に翔子《しょうこ》を再び呼んで、こっそり見せることにした。

「誠」

「うっす、翔子姉さん」

「これマジ？」

再び翔子は、語彙力を失うほどの衝撃を受けていた。

「マジ中のマジだ」

「も、もしかして、動画、良くなかったですか……？」

誠が真顔で返事する横で、アリスは心配げに尋ねた。

アリスは、自分が凄《すさ》まじいテンションでドラゴンを撲殺する動画というのは流石に刺激が強かったのではないだろうかと心配していた。このタイミングで協力を止《や》めると言われたらどうしよう……と不安に思っていたとき、翔子は小さな吐息を漏らした。

「……くっ……くく……」

「し、翔子さん？」

「凄《すご》い……こりゃ凄いよ……！」

翔子の目は、ぎらついた輝きを放っていた。

「あたしは竜退治なんてゲームでしかプレイできないものかと思ってたし、魔法なんてこの世にはないと思ってた」

「ま、まあ、あるところにはあるものですから」

「そう、あるんだよ！」

翔子は、アリスの世界に通じる『鏡』の縁をがしっと摑《つか》む。

そして額が『鏡』につきそうになるくらいに顔を近づけた。

「え、えーと、翔子さん……その、もう少し落ち着いてくれると……」

「あたし、けっこうファンタジーとかゲームとか好きなんだよ」

「そ、そうですか」

「大学にいた頃、本当はプログラミングを勉強してゲームメーカーに就職したかったんだよ。でも親父《おやじ》の仕事を考えると自由に将来を選ぶのも難しくて家業を継いだのさ。同人ゲーサークル作ったらシナリオライターとイラストレーターがバックれて心折れたのもあるけど」

「翔子姉さんそんな経験してたんだ」

「よ、よくわかりませんが、苦労しておられるんですね」

誠とアリスがおずおずと心配そうに声をかける。

だが、翔子はそんなことは一切気にせず、アリスに語り続けた。

「アリスちゃんほどじゃないよ！　だからアリスちゃん！」

「な、なんでしょうか」

鏡の向こうで礼儀正しく座るアリスは、若干引きつつも尋ね返した。

「あたしが支援する。最高の剣を用意するよ！」

「い、いや、今使ってるものでも十分……」

「なーにいってるんだい。あんなキログラムいくらで量り売りするようなナマクラで満足されては困るよ」

「意気込みは嬉《うれ》しいんですが……」

アリスが翔子に曖昧に頷《うなず》きつつ、救いを求めるようにちらちらと誠に視線を送る。

「……そういえば翔子姉さん、こういう性格だったな」

「こういう、とは」

「普段は冷静だけど、一度火が付くと凄いことになるんだ。文化祭とかイベント事とか、翔子姉さんに幹事を任せるといつも大盛り上がりでね。実行力も交渉力もあるし……」

誠が昔を懐かしむように呟《つぶや》く。

翔子はそんな苦笑しながらの呟きなど意に介さず、スマホを取り出した。

「あ、もしもし？　姫宮《ひめみや》工業の姫宮翔子です。特殊鋼のお見積もりをお願いしたいのですが……ええ、はい、特急で」

「……今は金もある」

誠が、呆《あき》れ気味に呟いた。

◆

意気揚々と会社に戻った姫宮翔子は、自分の会社のデスクで悩んでいた。

最高の剣を用意するなどと言ったは良いものの、具体的な考えをまとめる内に幾つかのハードルがあると気付いたのだ。

原材料……鉄や合金などは用意できる。会社のツテを使えばなんの問題なく、その鉄を好きな形状に形作る環境もある。

それでも二つ、大きな問題が残っていた。

一つは、剣をどういう合金にして、どのくらいの硬さにするべきか、という細かい設定であった。

アリスからドラゴンの死体の一部を分けてもらって硬さを計測したが、表面や鱗《うろこ》は鉄のように硬い。

そして肉の部分は普通だ。鶏肉《とりにく》よりは硬いが当然皮膚のような硬さはない。

もっとも硬い部位は骨だった。まさに焼きを入れて鍛え上げた鋼のような硬さだ。ドラゴンの死体は魔力が薄れたために消えてしまったが、必要な情報は揃《そろ》った。あとはどのように解決するかだ。

そもそも、シンプルに硬いだけならばあまり問題はないのだ。刃をそれに応じた硬さにすれば良い。

だが様々な硬さが入り交じった生き物を切断するとなると難しい。

料理人のように、用途に応じて様々な包丁を使い分ければ良いかも知れない。どんな食材でもスパスパ切れる包丁や刃物は意外とないものなのだから。翼や末端部位を狙うための剣、肉を裂くための剣、止《とど》めを刺すための剣など、用途の違う剣を用意するならば翔子の技術力で十分解決できる。

だがちょっとそれもスマートではない気がして、翔子は乗り気ではなかった。

ドラゴン退治はそういう解体作業ではなく、浪漫《ロマン》のある決闘であって欲しい。

これだ、という唯一の答えとなる剣を作りたい。

そして残るもう一つの問題は、工程が進めば進むほど「それ何に使うの?」と問われるだろうということだ。ただの鉄のカタマリに取っ手を付けただけの剣ならば問題ないが、工夫を凝らそうと思えば思うほど他人に見せなければいけない状況が起きる。だがさすがに「ドラゴン退治に使います」と正直には言えない。

つまり翔子は、こそこそバレないように製造を進める方法について悩んでいた。

普段の仕事が終わった後にこっそりCADソフトを立ち上げて図面は作ったものの、溜《た》め息《いき》をつかざるを得ない。せっかく夢のある仕事ができるというのに。

「どうしたもんだろうね……あれ?」

そんなとき、会社の電話が鳴り響いた。すでに定時を過ぎており、会社にいるのは翔子だけだ。こんなときに鳴る電話など、良い知らせであった例《ため》しがない。嫌な予感を覚えつつも翔子は電話を取る。

「はい、姫宮工業です……ああ、平山《ひらやま》さん」

『どうも取締役。まだいらっしゃいましたか、良かった』

「ちょっと図面を検討してましてね……ところで、なにかありました？」

電話に出たのは壮年の男性だ。近隣の下請けの会社の人間で、翔子は幾つか頼んでいる仕事があった。普段の平山は明るい人間だが、このときは妙に声が暗かった。

『すみません……注文された製品で不良を出してしまいました』

翔子の会社の製品の一つに、食品工場用の切断機がある。

工場のラインで流れてくる食材を自動的に判別してカットする、という機械だ。たとえば円形のピザやケーキが流れてきたら、扇形にカットする。食パンが流れてきたら6枚切りや8枚切りにカットする。そんな様々な形の食材に対応した切断機を製造している。

その機械の一から十までのすべてを翔子の会社で作っているわけではない。自社で作ることもあるが、細かい部品については下請けに手伝ってもらうことも多い。翔子に電話をした平山は、その機械のもっとも肝心な部品である「刃」の部分の製造を受注していた。

「で、他社の似た図面と間違えて作ってしまったと。不良というか完全に別製品だね」

「も、申し訳ございません……。偶然、図面のファイル名や番号がまったく一緒になってしまって、図面を上書きしてしまったようで……」

「なるほど……」

翔子は、自分の父親ほどの年上の人間が汗をかいて弁明する姿を眺めるのが気まずく、できあがった現物の方に視線を固定した。

本来、翔子はこういう場合は叱責する側の立場だ。納期遅れが確実だからだ。こちらが設定した納期は来週で、これから作り直したとしてもどう考えても間に合わない。

とはいえ、さほど翔子は焦っていなかった。本当のデッドラインはまだまだ先だからだ。翔子は誠たちの動画制作を手伝う時間を確保するため、様々な仕事を前倒しで作業していた。それが功を奏した。

「最後の組み立てはもう少し先だから、こちらのスケジュールを組み直せばなんとかなるよ。焦らず慎重にね」

「すみません、助かります……」

「ところで平山さん、一つ聞いてもいいかい？」

「なんでしょうか？」

「なんていうか……随分と豪勢な設計だね」

間違えて作られた刃は、太く、長く、分厚い。

以前、翔子《しょうこ》がアリスに渡した剣よりも数倍の厚みがある。そして今は柄《つか》や握りこそないが、剣のような切っ先が作られている。

また、峰の部分は普通の金属光沢だが、刃の部分には何か特殊なコーティングがしてあるのだろう。光の加減で不思議な色合いを見せている。もしこの刃に鍔《つば》や握りを付けたならば、本当に竜を殺せそうな剣のできあがりだ。

「いやぁ……その、図面を描いた経緯が特殊でしてね」

「特殊？」

「ゴミ処理関係の会社から、倒壊した家屋とか川から流されたゴミとかを破砕する機械を作りたいって依頼がありましてね。ですがその会社の購買担当が、なんとも嫌味な人で、『いちいちメンテナンスが面倒だから、何千回、何万回使っても壊れない頑丈なものが欲しい』、『どうせメンテナンスで高くぼったくるつもりでしょ？　そうならないよう頑張ってよ』と若干ケンカ腰に言ってきまして」

「あら」

「それで、最高品質の最高級品を設計して、見た目も格好よくして……その分予算も大きくしてお見積もり出したら怒って断られてしまいました」

「あー、元々断らせるための設計だったってわけかい」

「ええ。材質も、コーティングも、ふんだんにお金を掛けてます。どれだけ使おうとも傷一つつきません。……図面のデータも破棄したつもりだったのですが、たまたま今回の図面の番号や製品名とまったく一緒で、どこかで図面データがすり替わってしまって……お恥ずかしい限りです」

完全なうっかりミスであった。相当高く付いただろうと翔子は内心で同情する。

「もしかしたら、今期は赤字転落するくらいのミスですね……」

平山ががっくりと肩を落とす。だが翔子は、「ああ、なんて幸運だろう」と思った。

「家屋ってことは、木材を切るのを想定しているわけだね？」

「正確には、ドアやタンスなど、木材とそれを補強している鉄の部品を同時に破断するのを目的としていますね。あとはコンクリートと鉄筋を強引に引き裂くとか。ですから相当頑丈なものでもイケますよ。世が世ならヤマタノオロチだって怪獣だってイチコロかもしれませんね。ははは」

「なるほど、なるほど」

翔子は、自分の顔に笑みが浮かぶのを必死に我慢して真剣な表情を作る。

だが平山はてっきり、脱線した話で苛《いら》つかせてしまったかと戦々恐々としていた。

「おっと、すみません雑談が長くて。ところで納期のご相談なんですが……」

「物は相談なんだけどね平山さん。これ、あたしが買い取ってもいいかなぁ？」

「へあ？」

平山は、まさか冗談だろうと言う顔をした。

「ええと、姫宮さんのところで作ってるの、ピザとかケーキの切断機ですよね？」

「そうだね。でも怪獣みたいに硬くて強いピザがあるかもしれないだろ？」

「あはは、そりゃ凄《すご》い。こんなに豪華なピザカッターはありませんよ」

「それじゃ幾らになるか見積りしておいておくれ。ああ、宛先は会社じゃなくて私個人にして書いて欲しいんだ。どうせこのままじゃスクラップ扱いで処分しなきゃいけない物だし、別にいいだろ？」

「は、はぁ」

「あ、でもこのままじゃ使えないか。外観から出所がわからないようにしたいね。見た目を誤魔化すような塗装や表面処理をして……それと形状もアリスちゃん好みに整えないと。バランスウエイトも欲しいって言ってたっけ。あ、平山さん、心配しないで。もちろん改造のための費用も出すから」

平山は、翔子から真剣にあれこれと質問や買い取りの条件、納品する際の仕様の相談をされ、「翔子さんは本気だ」と信じざるをえなかった。そして平山の顔は絶望から、「ああ、なんて幸運だろう」という顔へと変わっていった。

■鰹のカルパッチョを食べてみた

／フォロワー数：0人　累計good評価：0pt

こんにちは！　聖女アリスです！

今回の撮影場所は私の部屋、いつものテーブルの前でーす！

わー！　ぱちぱちぱちー！

前の動画で剣がちょっと折れ曲がっちゃいましたからね。霊廟《れいびょう》探索や戦闘はちょっとお休みです。でもそのうち大復活する予定ですので、こうご期待！　それまでは地球の文化に触れたり、日常を配信していきたいと思います。

ちなみに、最初に撮影したときとの違いがわかりますか？　わっかるかなぁー。わっかんねえだろうなー。

ばばん！

なんとぉ！　家具とか！　いろいろ！　ふ・え・ま・し・た！

まずはお値段以上のベッドですね。ふかふかで素晴らしい寝心地です。石畳に毛布敷いて寝るのに比べたら天国と地獄ですね。

ところで皆さんは石畳で寝たことありますか？　止《や》めたほうが良いですよ。頭と腰と足がめちゃめちゃ痛いです。あと、体に石畳と同じ模様のあざが浮かんだりして、朝に目を覚ます度に惨めすぎて首を吊《つ》りたくなりますね。

まあ私くらいになると、石畳で寝るのに慣れすぎてベッドの方が熟睡できませんでした。スプリング硬めのマットレスらしいんですが、空から落下する夢とか見ちゃいましたね。空から落下するとめちゃめちゃ怖いですよ。一度巨大なゴーレムに鷲摑《わしづか》みにされてぶん投げられたことがあるんですが、死を覚悟したときベスト6位くらいです。

で、ベッドの隣にはクローゼットと作業机があります。中にはたくさんの服があるんですが……恥ずかしいのでまだ秘密で。そのうち着ます。はい。

いや、着ますって。

嘘《うそ》じゃないです。

……じゃあ着てよ、ですか？

いやいや、今だってけっこう恥ずかしいんですよ。デニムパンツみたいに足のラインが出る服、着たことなかったですし……。

と、ともかく！　そのうち着ます！　視聴者さんがこれ着てって要望したらなんでも着ます！　このアリス、二言はありません！

……おっと、話がそれました。

こっちの机にはノートパソコンとか工具とか置いてあります。

まだまだパソコン音痴で編集作業なんかはスタッフさんにお任せですが、そのうち自分でも編集できるようになりたいですね。ゲーミングノート、とかいうやつらしいのでゲームもやってみたいです。

で、ちょっとカメラ動かしますね。今は壁、ていうかパーテーションが映ってるのが見えますよね？　もともとの部屋があまりに広いので、こうして仕切りを作って部屋を分割しました。

それじゃ、奥側のスペースをこれからお見せします……じゃじゃん！　こっちは武器の保管庫になってまーす！

ここにあるのは剣と鎧《よろい》、それとメンテナンスするための工具類ですね。

ヤスリや砥石《といし》も貰《もら》っちゃいました。配信で利益が出たらここもどんどん充実させたいですね。自分専用の武器庫作るのって夢だったんですよねー！　壁掛けフックに愛剣がずらずらーって並んでるとかちょー格好良くないですか!?　あと電動の研磨機とか、鎧の穴や傷を補修する簡単な溶接設備も欲しいです。

こんな感じで、私生活を充実させつつ迷宮探索もバリバリやっちゃうぞという意気込みで動画をどんどん上げていきたいと思ってます。

さて、作業場の光景はこんなところですので、またいつものテーブル前に戻りますね。

……よし、と。

それじゃ今日の動画の本題に行きましょう。

今日は、グルメレビュー動画！　聖女アリスが地球の料理を食べてみたシリーズ、第1弾です！

豊かな食事こそ人生に彩りを与えます。ですがここは砂漠のど真ん中、食料どころか水さえよくよく手に入りません。ですので地球の料理を差し入れしてもらって英気を養いつつ、異世界人の目から見た地球の料理はどのように映るのかをお伝えしたいと思います。ちなみに出てくるメニューは私がまだ今まで食べたことがないものだそうです。本当に知りません。

あ、今出てきました。

白いお皿に、銀色の半球上のフタが乗ってますね。

開けていいんですか？

じゃ、開けます。

はい！

……え？

あ、いや……魚、っぽいですけど……。あ、なんか紙も入ってますね。料理名でしょうか……。「鰹《かつお》のタタキ　カルパッチョ風　わさびとオリーブオイルのソース、ネギ、セミドライトマト、イタリアンパセリを添えて」、ですか。

あ、ええと、野菜は良いです。わさびソースってことはちょっと辛いやつですね？　これも、うん、わかります。

でも肝心のカツオ……火、入ってなくないです？　え、入ってる？　いや表面だけ火は入ってるっぽいですけど、内側は明らかに生じゃないですか。いやいや、これドッキリの類ですよね。いくら私が魚をあんまり食べてない民族だからって流石《さすが》に騙《だま》されませんよ。

え？　あ、スタッフさんからフリップが出ました。『〝動画配信者になろう〟で、〝サシミ〟で動画検索して』、ですか？

はぁ……構いませんけど……。

ん？　あれ？

あっ、あっ、そーゆーこと？

マジで生で食べてんのこの人たち？　うっわ本当だ……すご……。

でも、いや、地球の人たちの胃腸が特別頑丈だとか、そういう理由じゃないです？　本当の本当に食べて大丈夫なやつです？

あ、またフリップが出ました。『海の魚は生で食べられるものが多く、今回はお刺身用としてしっかり衛生管理されてる魚を調達したから大丈夫です』ですか……。

……言いたいことはわかりました。

四の五の言わずに覚悟して食べろってわけですね？

即座に力強く『ＹＥＳ！』ってフリップが出ました。

……わ、わかりました！　ここで引いては聖女がすたるというものです……頂きます！
ぱくっ。
もぐ。
もぐ。
ごくん。
……ふむ。
はぁー。
ねっとりしてて、ちょっと飲み込むのに勇気がいるんですけど……。
まあ、でも、新食感です。
ふう……。
食べちゃいましたね……お腹《なか》壊さないかな……。
……よし、もう一つ頂きます。
ぱくっ。
もぐ。
もぐ。
ぱくっ。

もぐ。
ごくん。
……ふむ。
はぁー。
なるほどなるほど……。
あ、すみません、今日はワインありましたっけ？　『ない』ですか、そうですか。
……しょんぼり。
ん？　あ、またフリップが。
『そのかわり今日は米のお酒を用意しました。会津大将・純米吟醸』だそうです。
このお酒、ちっちゃいコップで飲むんですか？
おちょこ、って言うんですか。カワイイですねこれ。
それじゃあ頂きます。
……うまっ。

◆

アリスは自室で、自分の食事風景をまじまじとチェックするという苦行をしていた。

「マコト。この動画のどこが面白いんですか?」

「大丈夫、めちゃめちゃ面白いから」

「いや普通に食事して驚いて、ついでに楽しくお酒呑《の》んでるだけですよね……?」

「うん。それがいいんだよ。あ、でも不意打ちで生魚出したのはごめん」

「そ、そこは別に構いません……美味《お い》しかったですし……。あと日本酒も美味しゅうございました」

「お粗末さまでした」

「そうではなくて!」

アリスが声を張り上げた。

「その……私の素の反応って、動画として本当になりたってるんですか……?」

「なりたってる。パーフェクトに。絶対に人気出るよ」

誠《まこと》はアリスの困惑などまるで気にしていなかった。慰めや同情ではなく、嘘偽りなくアリスの動画を褒め称《たた》えている。

「そ、そうですか……」

「アリスは迷宮探索の方が好き?」

「いえ、そういうわけじゃないですよ。あれはあれで大変ですし……。ただ、戦って褒められるのはすごくわかりやすいんですけど、食事して褒められるのはこそばゆい感じが強くって」

「なるほど、実感が伴わないってことか」

「それに自分の食事風景をコンテンツとして楽しむって無理ですよ。迷宮探索や決闘とかなら敵がいるからまだ動画として見れますし……」

「武器がないから迷宮探索はお預けかな……と、言いたいところだけど」

誠が意味深に微笑《ほほえ》み、アリスがきょとんとした。

「どうしました？」

「実はさっき、翔子《しょうこ》姉さんから電話が来たんだ。剣の目処《めど》が付いたらしいぞ」

アリスはその吉報を受けて、『鏡』の部屋でにんまりと微笑んだ。

「そ、そうですか……ついにできましたか……！」

「なんだ、やっぱり嬉《うれ》しそうじゃないか」

「そ、それはそうです。やはりあるとないとでは話が違いますからね。これで本格的に迷宮に潜ることもできます」

「そうだな。他の動画も撮りためが増えてきたし、そろそろ動画投稿を始めようか」

「と、とうとうやるんですね」

アリスが重々しく頷《うなず》く。

「そんなに大それたことじゃないって。別に失敗したらやり直せば良いだけだ」

「ですけど、初陣は初陣です！」

実直な返答に誠は苦笑する。

だが茶化すことはなく、誠は『動画配信者になろう』にログインした。

「さて、それじゃあ第1弾の動画投稿といこう」

「はい……！」

誠は既に動画配信の経験者だ。動画そのもののデータの他、サムネイル画像や説明文など、あらかじめ用意すべきものは前もって準備している。流れ作業のようにアップロードを済ませた。

「お、回線空《す》いてるな。アップロードもすぐに済んだ」

「おお！」

アリスは喜びの声を上げた。

ほとんどアリス用になっているタブレットで動画アプリを開き、目当てのチャンネルを開いた。

「おお……これが……！」

「そうだ。これがアリスのチャンネル、『聖女アリスの生配信』」

「……マコト」

「なんだ？」

「ふと思ったんですが、投稿動画なのだから生配信ではないのでは？」

「まあそのうち生配信もやろう」

「そ、そうですね……それも一度やってみたいです……しかし、マコト」

「どうした、アリス」

「再生数が上がらないんですけど」

「そうだな」

「おかしくないですか!?　や、やっぱり鰹のカルパッチョを食べるとかだけじゃなくて、生の鰹にまるごとかぶりつくとか、もっとインパクトがないと！」

アリスの顔が絶望に染まるが、誠はどうどうと宥《なだ》める。

「落ち着いて落ち着いて、宣伝も何もしてないんだから当然だ。誰でも最初はこうなる」

「なら一刻も早く宣伝するべきです！」

「いいや。まずは1週間くらい毎日投稿をするんだ。『あ、ちゃんと毎日投稿してるんだ』ってことがパッと見でわかるようにしてから本格的に宣伝していく。企業がバックについて大々的にCM打てるならともかく、何の後ろ盾もないんだから配信者としての信用を取りにいこう」

「……考えがあってのことなのですね？」

「大丈夫、動画のポテンシャルは保証するから落ち着いてやろう。画面とにらめっこしてもアクセス数は増えないよ」

「は、はい」

しかしアリスはそわそわしながらタブレットをいじり、ログインしてアクセス解析を見てはガッカリしてログアウトする……を繰り返している。すぐに話題になることなどありえないと頭では理解していても、どうしても反応が気になる。

「あー、俺も動画配信したてはそんな感じだったなぁ……」

誠はそんなアリスの様子を、温かい目で見守っていた。

◆

幽神霊廟《ゆうしんれいびょう》とは、神の眠る墓だ。

今の世の人間は、あまりにもその場所に対して無知である。ただ伝説と恐怖だけが残るのみで、実際にどんな脅威があるかについては忘れ去ってしまった。

幽神とはまさしく偉大なる死の神であり、その神が生み出した眷属《けんぞく》や信奉者たちは霊廟の中で封印された幽神を、そして霊廟そのものを守っている。

ただし上階層にいるドラゴンは眷属でも信奉者でもない。ただ霊廟の魔力に惹《ひ》かれてやってきた野良犬のようなものに過ぎない。

アリスによって倒されたその竜の後ろ姿を、闇の中から見つめる瞳があった。

「……野良犬と言えど、霊廟の庇護《ひご》を受けた者が倒されたことには違いあるまいな。無礼極まりない所業よ」

そして、闇の中から響く声があった。

男とも女ともつかない闇の声は、言葉とは裏腹に怒りではなく愉悦が滲《にじ》み出ていた。

「何者かは知らぬが……顔を拝ませてもらおうか」

■第1回　聖女アリスの生配信です！

／フォロワー数：92人　累計good評価：126pt

チャンネル開設して1週間後の日曜日。

いつものテーブルの前に座るアリスの視線の先には、機材をセッティングしている誠の姿があった。動画の生配信をするためだ。

普段はアリスがビデオカメラを持って好きなアングルで撮影したり、ウェアラブルカメラを装着して撮影しているが、生配信となるとカメラをパソコンと常に接続する必要がある。

必然的に、誠の店側にカメラを設置し、鏡の向こうのアリスの部屋を映す……というアングルに固定される。

そのためアリスは、配信開始までいつものテーブルの前に座って大人しくしていた。

「根本的な疑問があるのですが、マコト」

アリスが唐突に尋ねた。

「どうしたアリス？」

「視聴者もいないのに生配信をするんですか……？　しかもまだ朝10時ですよね？」

「うん」

アリスの問いに、誠は何の屈託もなく頷いた。

「な、なぜでしょう……？」

「まあ、練習を兼ねてだよ。視聴者がいない状況で生配信できるなんて今の内だけだと思う。たくさんの視聴者が来る前に段取りを覚えておかないと。満を持しての初生配信……とかやって配信トラブルで即終了とか、あまりにも悲しすぎるからなぁ」

「杞憂《きゆう》だと思うのですが……。再生数は３００回程度で、チャンネルフォロワーに至っては92人ですよ？」

「いや、その再生数でフォロワーが92人もいるのはおかしい。コメント欄も盛り上がってる。ここからどんどん伸びていくはずだ」

「う、うーん……なんだか流されている気もしますけど……わかりました」

アリスはあまり納得していなかったが、誠は決して嘘《うそ》を言ってる様子はなかった。むしろ、何らかの大きな反応があると確信している。そんな自信に満ち溢《あふ》れていた。

チャンネル開設をしてから今日まで、毎日午後9時に動画を投稿していた。最初の動画は、最初に撮影した5分程度の自己紹介の動画だ。

次にクモ退治の動画、ドラゴン退治の動画、鰹《かつお》のカルパッチョを食べる動画を続けて投稿した。

それ以外にも、幽神霊廟の中を散策してスライムや悪霊と戦う動画やコンビニスイーツのレビュー動画、ホラーゲーム実況プレイ動画といったものを撮影して投稿していた。だがやはり、クモ退治とドラゴン退治に衝撃を受けた人が多いようで、コメント欄も異様だった。

「これはゲームなのか、特撮なのか」、「どういうことなんだ」、「CGか何かじゃないのか？」などなどの質問がどんどん書き込まれている。動画をクリックした人間の内、半分以上が何らかのコメントを残している計算だった。誠《まこと》はバズるまで時間の問題だとさえ思っていた。

「それと、俺のことは名前じゃなくてプロデューサーとかスタッフとか呼んでくれる？」

「あ、はい。マコトの名前が知られてはまずいというわけですね」

「それもあるけど、アリスが特定個人の異性と仲良くしてるってイメージついちゃうのもまずい。ガチ恋勢が過敏になる」

「がっ、ガチ恋とか出るわけないじゃないですかまさか」

「いや絶対出るよ。自分の魅力やポテンシャルを見くびっちゃダメだ」

「は、はぁ」

アリスが恥ずかしそうに、曖昧に頷いた。

誠はアリスをとても魅力的だと言ったも同義なのだが、気付いてる様子もない。「まったくこの人は」と思いつつも、アリスは深呼吸をして落ち着こうとする。

「じゃ、そろそろ行くよ……5……4……3……」

「は、はい……！」

誠が指折り数え、スタートの合図を出す。

アリスは咳払《せきばら》いをして、おずおずと喋《しゃべ》り始めた。

「え、えーと、配信開始された……ようですね。流石《さすが》にまだ1人もいませんけど」

配信画面にカウントされてる視聴者数は1人だ。

その1人というのも、配信が正常に行われているか確認するために誠が別端末で再生しているのがカウントされているだけで、実質的な視聴者はゼロ。予告も何もしていないゲリラ配信であり、当然の数字であった。

アリスが戸惑いながら喋り始めると、誠はフリップを使って指示を出した。

『視聴者数は見ないで。生配信を後で見る人もいるから。普通の撮影と同じように、誰かがいると思ってカメラに向かって会話しよう』

すると、アリスのスイッチが入った。

「あ、えーと、初めましての人は初めまして。っていうか生配信そのものが初めてですから基本的に初対面みたいな扱いですよね。ですのでみなさん初めまして！　聖女アリスです！」

喋りが普段よりも遥《はる》かに流暢《りゅうちょう》だ。

これは、アリスが撮影しているときのキャラクターだ。何度かの撮影を経てアリスは「自分が何を喋っているのか自分でもわからない」という過度の緊張はなくなった。だが、「なんとなく撮影用の自分に切り替わる」という感覚は残ったままだ。

アリスはそんな自分を自然と受け入れていた。無理をしているという感覚さえなく、配信に利用しようとさえ思い始めていた。

これは、アリス自身が忘れてしまったアリスなのかもしれないと思った。聖女となる前、明るくていたずら好きで、貧しい生活ながらも洗濯が得意で可愛《かわい》がられていた、ただの村娘のアリスは、きっとこんな性格だったのだろうと。

「さて、ドラゴン退治をなんとか勝利に終えた私は思いました……。もうちょっと強い武器が欲しいと！　そちらのことわざで言うと、猫に小判でしたっけ。……あ、違う。プロデューサーさんからツッコミが来ましたね。えーと、なになに？　鬼に金棒、って言うんですか？」

アリスが流暢に喋る。

だがちらりと配信画面を見ても視聴者数は増えていない。アリスは内心の落胆が出ないよう、明るく楽しく喋り続ける。

「……鬼が金棒持ってるのって普通では？　いやまあ、木の棍棒《こんぼう》とか丸太を武器にしてる方が多いですけど。あ、そういえば地球には鬼っていないんでしたっけ。それじゃあオーガとかゴブリンもいない？　良いなぁ。こっちじゃ山とか洞窟とかいくとゴキブリみたいにいますよ。ていうかゴキブリってそっちいます？　ちょっと検索して調べてみますか……あ、いるわ。めっちゃいるわ。なんでそんな微妙なところだけこっちとそっちで一緒なんですか」

そして誠もまた配信を真剣な目で見守っていた。

そんなとき誠の携帯電話に着信が入り、配信に音が紛れないようパソコンの前から離れ、小声で話し始めた。そしてしばらくして通話を終えると、1枚のフリップを出した。

『新兵器完成。あと10分で到着』

アリスはカメラの範囲外で、ぐっと拳を握った。

それこそが今回の配信の一番のメインである。翔子《しょうこ》の制作した剣を受け取り、それをお披露目する予定であった。

「っと、話が脱線しましたけど、新たなメインウェポンをばばんとお披露目する！　というのが今日の配信のテーマです。ただ到着までもうちょっと時間が掛かるのでフリートークと行きましょうか……ああっ!?」

そのとき、配信動画のコメント欄に投稿があった。

『初見です』

そのコメントを見て、アリスの顔がぱっと華やいだ。

「いらっしゃいませ！　どうぞゆっくりしていってくださいね！」

視聴者数のカウンターが回る。

2人になり、3人になる。気付けばすぐに10人になった。

『あの動画、本物ですか？』

『生アリスだ』

『彼氏いる？』

『そこでどうやって生活してるの？　食事は？』

『新兵器ってなに？　チェーンソー？　丸太？』

『決めセリフ言ってよ。あなたの運命ですってやつ』

そして間を置かずに幾つもの質問が投げかけられる。

どうしようかとアリスの目が泳ぎそうになった瞬間、誠がフリップで助け船を出した。

『時間は気にしなくて良い。一つずつゆっくり答えて』

それを見てアリスは小さく頷《うなず》く。

「え、動画はCGなのか特撮なのか、ですか？　あっはっは、まさか。どっちでもありません。そんな精巧な偽物の動画作る労力があったら、本物をサクッと撮る方が遥かにラクですよ？」

『証拠うp』

「証拠？　証拠って言われても……魔物って殺すと消えちゃうんですよ。死後2、3日くらいは死体として残ってるから調理しようと思えばできるでしょうけど、お腹《なか》壊しそうでイヤですね。ジビエ系は嫌いじゃないですが、ウサギとかムクドリあたりまでが私的に食べ物の範疇《はんちゅう》です。

他の質問は、ええと「彼氏いますか」ですか？　いません。次行きます。『そこでどうやって生活してるの？　食事は？』とのことですが、一緒に暮らしてる方に作ってもらってます。昨日はパスタ茹《ゆ》でてもらいました。チーズたっぷりのカルボナーラです。彼はすごく料理上手で……あっ」

アリスは、自分の失言に気付いた。

誠も、しまったとばかりに額に手を当てている。

「あ、い、いやー！　ち、ちち、ちがーいまーすよ!?　変な想像しちゃ駄目ですよ？　健全、健全です！」

『あっ（察し）』

『嘘つくの下手かよ』

『きみ女子高生くらいでしょ。犯罪では？』

「ちがいますぅー26歳ですー！」

『嘘つくの下手かよ』

『いやガチっぽいぞ』

『どっちだ!?』

「……はい！　この話題終了！　次です次の質問！　じゃじゃーん、新兵器です！　ここは存分に語りたいところですが……もうちょっとで到着しますからお待ちくださいねー」

アリスがそう返事をした瞬間のことだった。

『後ろ後ろ』

『なんだあれ』

『これは流石にCGだろ』

『もはや彼氏匂わせどころか旦那匂わせじゃんフォロー外します』

というコメントが流れた。

カメラ目線のアリスはもちろん、誠もその異常事態に気付くのが遅れた。

翔子が入ってくるタイミングを細かく指示しており、アリスの方をよく見ていなかった。

だから完全な奇襲となり、誠が気付いたときには遅かった。

身の丈3メートルはあろうかという鋼鉄の全身鎧《よろい》の巨人がのっそりとアリスの部屋に入り、アリスを認識した瞬間に猛然と襲いかかってきた。

ようやく気付いた誠が叫び声を上げる。

「……アリス！　危ない！」

「食らえ！」

雷鳴のような音が響き渡った。

それは、巨人の拳を受け止めた剣がひしゃげ、そして砕け散る音だった。

「ぐうっ……！」

「ふん、その程度か」

重苦しい水音が響き渡った。

それは、アリスの体が吹き飛ばされて壁に叩《たた》き付けられた音だった。

だが誠も、そして視聴者も、音と視覚が脳の中で結びつかなかった。

人間の体が出して良い音ではない。

「我はスプリガン。幽神様の誇り高き眷属《けんぞく》にして、幽神霊廟《ゆうしんれいびょう》、地下10階層の守護精霊である。ああ、貴様の名は言わずとも良い。覚えるほどでもなさそうだ」

「な……なんだ、と……守護精霊……？」

「大丈夫か!?　逃げるんだ！」

誠の叫び声に、アリスは皮肉げな笑みを浮かべた。

今更どこに逃げようというのだろうか。ここは幽神霊廟。外は熱砂の砂漠であり、中は恐ろしい魔物がうごめく地獄。そしてかろうじて確保した自分の安全圏は、目の前の怪物によって荒らされようとしている。

冗談じゃない。

「まったく、何百年ぶりかの侵入者で心躍らせたものだが、がっかりさせてくれる」

スプリガンと名乗った巨人が、値踏みするようにアリスを見る。だが、アリスにはスプリガンの言葉も、視線も、届いてはいなかった。それ以上に、怒りを燃やしていた。

「初めての……」

「うん？」

「初めての！　配信だったんですよ！　よくも滅茶苦茶《めちゃくちゃ》にしてくれましたね！」

アリスが憤怒の顔で立ち上がった。

既にスプリガンの一撃で満身創痍《まんしんそうい》だ。

だがそれでも、闘志を失ってはいない。

「無茶だアリス！」

「なんでもいいです……武器を頼みます！」

「武器、って……戦うつもりか!?」

「はい！」

アリスは折れた剣の柄《つか》を投げつけた。

巨人は意に介することなく受け止め、不気味なまでに静かにアリスを見つめる。

「ふむ、その意気や良し。……しかし、『鏡』が起動している？　異世界と繫《つな》がったのか……？」

「よそ見をしてる暇がありますか！」

「ぬっ……？」

巨人の視線が外れた瞬間に、アリスはベッドのシーツを投げつけた。当然巨人はそれを剝がそうとするが、その手に絡みつくものがあった。荷造り用の紐《ひも》だ。

「猪口才《ちょこざい》な！」

巨人の鉄の指は簡単に紐を千切り、シーツを破る。

だがその間に、アリスは新たな武器を手にしていた。

誠《まこと》からもらった金属製の食器、そしてドライバーなどの工具類だ。これらは家具の組み立てに使ったもので、アリスの部屋に置きっぱなしになっていた。

「身のこなしは良好。しかし駆け引きや機微には疎いですね」

「力の前にはそんなものは無用！　貴様こそ、頼りない玩具《おもちゃ》で我を倒せると思ったか！」

「……そちらは鎧を着ているのではなく、鎧そのものが動いている様子。ということは、あなたはゴーレムや魔導生物に属している。どんなに強力でも種類がわかれば対処はできるというもの」

「口だけならばなんとでも……ぐっ!?」

スプリガンが動きを止めた。踵《かかと》の裏側の隙間に、包丁が突き立っていた。

「ゴーレムは、魔王が死霊の次に愛用していました。土塊《つちくれ》や泥のゴーレムは幾らでも大きくなるものの総じて鈍足。そして、あなたのような金属のゴーレムは重量級でありながら敏捷《びんしょうせい》性に富み、油断できません……が、決して無敵というわけでもない」

スプリガンが無理矢理自分の足を動かし、アリスに近付こうとする。

だがバランスを崩して転倒した。

凄《すさ》まじい音が響き渡る。

「関節部の隙間が多い癖に、感覚が鈍い」

「……うおのれ！　小癪《こしゃく》な！」

スプリガンが自分に突き刺さった包丁を抜く。

だがその隙にアリスはドライバーや千枚通しなど、どのご家庭にもある工具や調理道具を使ってスプリガンの関節を封じていく。

「ぐぐっ……貴様、卑怯《ひきょう》だぞ……！」

「人の部屋に勝手に押し入っておきながら、卑怯もクソもありますか！」

「勝手に住んでるのは貴様だろうが！」

膠着《こうちゃく》状態が訪れた。

アリスが持っていた工具も調理道具も尽きた。すべて、スプリガンの体の各関節に突き刺さっていた。

1本や2本であれば力任せに関節を動かして工具ごと折り曲げるくらいはできたかもしれない。だが、今や何本もの工具がそれぞれの関節の動きを封じている。むしろ、スプリガンがもがけばもがくほどそれらはきつく食い込む状態になった。

「……ははは」

「なにかおかしいことでも？」

「詫《わ》びよう。舐《な》めておった。油断していた。ドラゴンを退治する程度で四苦八苦するような脆弱《ぜいじゃく》な魔力の持ち主だ。暇つぶしにもなるまいと思っていたが、なかなかどうして大したものだ。貴様の名は？」

「……アリス。アリス＝セルティです。負け惜しみはそれだけですか」

そう言いながらも、アリスは冷や汗を流していた。

一見、アリスが有利だ。

だがこのまま長引けば形勢逆転される。いかに動きを封じたとはいえ、スプリガンの強さは本物だ。アリスは最初に一撃を食らってそれを重々承知していた。

「ああ。ここからは本気で相手をしようではないか」

スプリガンの右拳に、ほのかな光が灯《とも》った。

それは徐々に強まり、恐ろしい熱を発していく。

「なっ……ゴーレムが魔法を使うだなんて……!?」

「幽神の名の下《もと》に、出《い》でよ地獄の炎……【獄炎】！」

凄まじい爆音と炎が上がった。

「アリス！」

誠の叫びも虚《むな》しく、閃光《せんこう》と爆発がすべてを白く染め上げた。

◆

「なによこれ……？　本物、じゃないわよね……？」

東京の墨田区に住む天下一《てんかいち》ゆみみが、天下第一のFPS名人になろうと志を立てた。大学を留年してeスポーツ世界チャンピオンに弟子入りし、技を極めに極め、その後にすべてを忘れて今や素人同然となった名人……という設定のVtuberとして、ゲーム実況や雑談、その他様々な企画動画を配信している。

アバターはスレンダーな長身で、シャープな目鼻立ちにゲーミングPCのような蛍光ピンクの髪というエッジの効いた雰囲気だ。服も派手で、タイトな黒インナーの上に蛍光色を散りばめたジャケット。

しかしその中身である人間、本名中島弓子《なかじまゆみこ》は、アリスのように背の小さい、年齢よりも若く見える童顔の女性であった。

性格は実際の外見よりもアバター寄りで、頭の回転が早くトークは辛口かつ軽妙。歯に衣着《きぬ》せぬ物言いをしつつも嫌味はない。

男性からも女性からも人気を博しており、事務所などに所属しない個人活動ながらもブックマーク30万人を獲得した有名Ｖｔｕｂｅｒであった。

天下一ゆみみは当然、現状に甘んじるつもりはない。もっと多くのフォロワーを集め、天下第一のＶｔｕｂｅｒになりたいという夢を持っている。

そんな天下一ゆみみは、他の配信者の動向にも敏感だった。コラボできそうな配信者仲間を探すこともあれば、自分のライバルの動向を調べて嫉妬することもある。ゲーム実況の枠を超えたコラボなども考え、アウトドア系配信者や料理系配信者など、Ｖｔｕｂｅｒとは程遠い人々とあえて交流をすることもする。

今日も天下一ゆみみはＳＮＳで配信者たちの動向をチェックし、そしてついに見つけた。

「ＣＧとかじゃなさそうだけど……どこよここ……？」

奇妙な動画だった。

どうやらチャンネル開設したばかりらしく、５本程度の動画しかない。最初の動画は、銀髪の女騎士みたいな少女がイタい自己紹介をするだけの内容だった。しかも自分の国に対する謎の怨念に満ちている。

ずいぶんオタク文化に染まった外国人さんだなと思った。が、すぐにちょっとこれはおかしいぞと気付いた。

まず、撮影している風景がおかしい。この石畳の神殿みたいな場所はいったいどこなのだろうか。古代のギリシャ神殿のようにも見えるが、それにしてはどうも広々としすぎているような気がする。これだけ壮大な場所であれば、世界的に有名な観光地になっていてもおかしくないはずだ。

服装も妙だ。胸甲にマントというファンタジー丸出しのコスプレだ。そのはずだが、妙に風格とリアリティがあった。胸甲の傷やへこみは、まるで本当に魔物か何かと戦ったかのようだ。

「な、なにこれ……！　どうなってんの……!?」

そして他の動画を見て更に天下一ゆみみは度肝を抜かれた。

巨大なクモ。

スライムとしか言いようのない、粘液状の怪物。

空を駆けるドラゴン。

そして、それらをばっさばっさと倒して行くアリス。

天下一ゆみみは激しい焦りを覚えた。彼女がもっとも恐怖する対象は、ブックマーク数が拮抗《きっこう》したライバル配信者などではない。輝かしい才能を持ち、だがそれが未《いま》だ認知されていない本物の配信者だ。

彼ら彼女らは古株の配信者などあっという間に置き去りにして、努力を積み重ねたところで手の届かない領域へと旅立ってしまう。

だがそれでも天下一ゆみみはアリスの動画の虜《とりこ》になっていた。面白い配信が好きだからＶｔｕｂｅｒをやっているのだ。いつの日か自分のブックマーク数を超えるほどの逸材であっても、いや、そうした逸材だからこそ、目を離さずにはいられない。

天下一ゆみみはＳＮＳでアリスの動画を紹介しつつ、生配信の画面を開いた。

更に度肝を抜かれた。

アリスが今まさに、謎の鋼鉄のロボットと戦っているのだ。

「うえええええ!? なんかすっげーことになってるんだけど……！」

天下一ゆみみは実況を始めた。

ＳＮＳ上で画面スクショと共に呟《つぶや》きを投稿し、自分のフォロワーに拡散させていく。

天下一ゆみみのフォロワーもまた動画に衝撃を受け、ますますアリスの情報が拡散していく。

◆

視聴者数を示すカウンターが、激しく回り始めた。

幽神霊廟《ゆうしんれいびょう》の通路には扉などはなく、天井も高い。

空気の流れが良いために火の粉や煙は滞留せず、少しずつ流れ出ていく。

「ぬるい……いや、流石《さすが》に人間相手に大人げなかったか。もう死んでしまったか？」

スプリガンが残念そうに呟いた。

そして、自分の関節に打ち込まれた工具や包丁をゆっくり抜いていく。

一本一本慎重に抜き、ようやくすべて取り除いた。

自由になった体を楽しむかのように足首や手首を回す。

そうしているうちに、完全に視界が晴れた。

「……おかしい。奴《やつ》はどこだ？　何故《なぜ》、奴の持ち込んだ物が燃えていない？」

幽神霊廟は神の手による建造物だ。いかにスプリガンといえど、霊廟そのものを傷つけることはできない。神の魔法によって、あらゆる衝撃、あらゆる魔法への耐性を付与されている。

だが、人間が持ち込んだ物は別だ。

ただの服や家具は消し炭になっているはずだった。真正面から魔法の威力すべてを防がれていたとしたら、物が無事である可能性もある。

まさか、そんなはずはないとスプリガンが考えた瞬間、声が届いた。

「どこを見ているのですか」

アリスは、スプリガンの背後にたたずんでいた。

スプリガンは言葉を返さず、体をひねりながら裏拳で応えた。

「なっ……!?」

それは、何かに防がれた。あまりにも強靭《きょうじん》な硬さに、スプリガンの豪腕の方が変形している。

「間に合ったようですね」

「アリス！　気をつけるんだよ！」

息を切らしながら翔子《しょうこ》が叫ぶ。

スプリガンの手から放たれた炎がアリスに届くほんの一瞬前に、新兵器をアリスへ渡すことに成功していた。

「心配は無用です……そう、この剣があればね！」

翔子の心配に、アリスは不敵な笑みと言葉で応えた。

スプリガンの豪腕を防いだ巨大な剣を掲げる。

「ば、馬鹿な……その強大な魔力はなんだ……？　いったいなにをした……？」

「さあ、そんなことは知りません。大事なのは一つ。あなたは私の部屋を荒らそうとしました。ここにあるものはすべて私の宝……手を触れることは許しません！」

このとき、アリス自身も気付いていなかった。

スプリガンとの苛烈な攻防によってもたらされたものを。

今、アリスの目に映っていない、配信中の画面に表示されているものを。

『生きてるぞ!?　すげえ！』

『え、これ生配信でアクションしてるの？』

『本物みたいだな。どういうロボットだ』

『危険すぎてBANされるんじゃね』

『この顔で人妻だと思うとちょっと興奮してきたな』

『とにかくがんばれ』

様々な応援コメントが次々と書き込まれていく。書き込まれる速度が速すぎて誰が何を書いているのか目で追えないほどだ。

今も視聴者は増え、ｇｏｏｄ評価の満点を示す★★★★★が大盤振る舞いされ、配信中ランキングを瞬く間に駆け上がり、それを検知したニュース収集ボットが記事を自動生成してSNSで呟き、そこからまた視聴者が増えていく。

止まらぬ勢いは配信中ランキング以外にも手を伸ばし始めた。動画毎時ランキング、注目新人ランキング、エンタメジャンルランキングなどなど様々なカテゴリをアリスのチャンネルが侵食し始める。今この瞬間『動画配信者になろう』トップページにアクセスすれば、そこにはアリスの顔がある。

そしてトップページを導線としてまたも新たな視聴者がアクセスし、再生数が上昇し★★★★が投げ込まれる。フォロワーがフォロワーを呼び、再生数が再生数を招く好循環は、極小の低気圧がすべてを破壊する嵐に変貌するかのように誰にも止められない成長と拡大の螺旋《らせん》を描く。

その現象は、俗にこう呼ばれる。

「バズった……！」

誠《まこと》は、配信中の画面を見て驚いていた。

動画の視聴者が5万人を超えている。SNSでは10万人が実況者の呟きを閲覧している。

これら視聴者による応援がアリスに力をもたらし、スプリガンの炎の魔法を防いだのだ。

「行きますよ、スプリガンとやら！」

「がっ!?」

巨大な剣の一閃《いっせん》が、スプリガンの右腕を切り飛ばした。

「ぐっ……【障壁】！」

「甘いッ！」

スプリガンが残った左手を前に突き出すと、まるでガラスのような壁がアリスの間に立ちはだかった。だがそれも、アリスの巨剣の振り下ろしによって破壊されるのは時間の問題であった。一撃、二撃と振り下ろされる度に、蜘蛛《くも》の巣のようなひび割れがどんどん大きくなっていく。

「【獄氷】！」

だがアリスが壁を破壊した瞬間、スプリガンがまた別の魔法を唱えた。

巨大な氷柱《つらら》がスプリガンの左手から生み出され、凄《すさ》まじい勢いで射出されアリスに襲いかかる。

「ばっ、バカめ……！　はあっ……そんな力任せの戦いに、負けると思ったか……！」

「力任せなのはそちらです……【炎弾】！」

アリスが魔法を唱え、炎の球を手のひらから発射する。襲いかかる氷柱に直撃し、小規模な爆発が起きた。

「なんだとっ……」

蒸気が部屋の中を包み込む。温度差が激しく、氷が瞬時にとけたために爆発のような反応が起きたのだ。

「【炎弾】【炎弾】【炎弾】【炎弾】【炎弾】」

アリスが間髪を容《い》れずに連射した。それらは先ほどの衝撃で傷ついた障壁を的確にすり抜け、スプリガンに連続で４発着弾する。

「ぐっ……があっ!?」

だがそれも攪乱《かくらん》だった。

本命は、アリス自身の攻撃だ。氷柱による穴とは別の場所を炎の球で撃ち抜き、迂回《うかい》するようにしてアリスは障壁内部へ侵入した。スプリガンが気付いたときには脇腹を思い切り蹴られ、倒れ伏していた。

「覚悟！　建築物破断用非ＪＩＳ規格特殊合金ブレード・プロジェクト『ピザカッター』が！！！　あなたの運命です！！！」

アリスがスプリガンの胸を足で押さえつけ、巨剣を振りかぶる。

もはや勝負は決まった。誰もがそう思った瞬間。

「……降参だ！」

「へ？」

ばしゅっ、という間抜けな音が響いたかと思うと、スプリガンの首を固定するボルトが音を立てて外れていく。スプリガンの目から光が消え、頭部そのものががたんごとんと音を立てて転がった。

「降参！　こうさんでーす！　ごめんなさい！　参った！」

そして空洞となった首の中から、奇妙な子供が現れた。

スプリガンの巨体はぴくりとも動かない。

というより、中から出てきた子供こそがスプリガンであり、巨人は操り人形のようなものだったらしい。

「そういえばスプリガンってドワーフみたいな妖精じゃなかったっけ。まあドワーフというよりメカニックみたいだけど」

「マコトの世界にもいるのですか？　今のこの子の姿は古代文明の装いに見えるのですが」

見た目は、人間で言うところの12歳くらいの子供だ。

緑色と赤色のツートンカラーというサイケデリックな髪。

首にはゴーグルをぶら下げ、上下一体になったツナギのような服を着ていた。

「ところでマ……ではなく、プロデューサー」

「大丈夫。配信は終わらせたよ」

誠の言葉を聞き、アリスがにやりと笑う。

「よし……では、遠慮なく話ができますね」

「ひょえっ」

がたがたとスプリガンが震えだしたが、別に拷問が始まったわけでもなかった。

アリスが何かするまでもなく、スプリガンがしゃべり出した。自分が幽神の眷属《けんぞく》であること。長い年月の間、地下10階層を守ってきた番人であること。最近ドラゴンが撃退されていてアリスに興味が湧いてきたこと。

「あなたが幽神の作りだした眷属だというのですか……？」

「そーだよ」

「妙に軽いですね……さっきの口調とは全然違いますし」

アリスが困惑気味に質問した。

だがスプリガンは気を悪くすることもなく肩をすくめた。

「負けたから格好付けてても意味ないしね。どうせ僕の守護する階層はスルーパスするでしょ？」

「するーぱす？　どういうことですか？」

「僕は地下10階層の守護精霊なんだよ。で、僕を倒すことで挑戦者は転送機能を使って地下11階層に直行できる。10階層毎《ごと》に僕みたいに階層を守る守護精霊がいて、そいつを倒せば転送ポイントを使えるようになるってわけ」

「ワープなんてできるのですか……しかし、まるでルールでもあるかのような物言いですね。いきなり攻め込んだ割には律儀ですし」

アリスが呆《あき》れて呟《つぶや》くが、今度はスプリガンがむっとして反論した。

「そりゃあるよ。いきなり攻め込んだ僕も悪かったけど、そもそもそっちがルール違反してるし。ガーゴイルに聞かなかったの？」

「ほら、階段のところにいるあいつだよ……あっ、もしかしてあいつ、居眠りしてるかも……?」

「ガーゴイル……?」

スプリガンは、何かに気付いたような顔をした。

「アリス、ちょっと来て」

「へ?」

「ちゃんと説明するから。この霊廟《れいびょう》のルールとか仕組みとか」

スプリガンが部屋から出てついてくるようにアリスを促す。

「……マコトさん、ちょっと行ってみようと思います」

アリスは誠にそう言うが、誠の方はなんとも不安な顔をしていた。

「大丈夫か?」

「ええ。もう敵意はなさそうですし」

「なにかあったらすぐ戻るんだぞ」

「はい。ちゃんと帰ってきます」

アリスは、帰ってくるという言葉に自分でも驚いた。

ここはもう自分の家なのだという実感が改めて湧いてくる。

帰る家があるという安らぎが、アリスの足を動かした。

幽神霊廟の入口の柱の近くにはガーゴイルの石像がある。

アリスは最初これを見たとき、侵入者に対しての敵意や警戒を示すためのモニュメントかと思っていた。

「おいこら！　起きろバカ！」

それを、スプリガンが怒鳴りつけている。

「……何をしてるんです？」

「何してるって、起こしてるんだよ。あ、ちょっと壊れない程度に叩《たた》いてくれる？」

「はぁ、構いませんが……」

アリスはとりあえずスプリガンの言葉に従い、巨剣の峰で石像の頭を叩いた。ごん、という鈍い音がする。

「うっ、うわあああ！　なんじゃあー!?」

「喋《しゃべ》った!?」

鈍重な動きで、きょろきょろと石像は周囲を見回す。そしてスプリガンと目が合うと、のっそりした口調で喋りだした。

「うん？　おお……すまん、ちょっと寝ておったわい。久しぶりじゃの、スプリガン」

「そーねー、200年ぶり……じゃないよ！　挑戦者が来てるんだよ！」

「む？……おお！　そこの女子か！　よくぞ幽神霊廟へと訪れた。我は霊廟の門の守護精霊にして案内人のガーゴイルじゃ」

石像はガーゴイルと名乗り、畏《かしこ》まった態度と口調でアリスに挨拶した。

だが、アリスは冷ややかな目でガーゴイルを見ている。

「本当は、霊廟の挑戦者はまずこいつから説明を受けるんだよ。アリスがいる部屋はスタッフルームだから入らないでねーとか。攻略したフロアは転送で移動できるよーとか。ギブアップのときは呪文を唱えてねーとか」

「やけに親切ですね……幽神を守っているのではないのですか？」

アリスが困惑気味に問いかけるが、スプリガンたちはむしろアリスの様子に疑問を持った様子だった。

「そりゃ守ってるけど……？　あれ、もしかして幽神様に謁見に来たんじゃないの？」

「魔物を討伐しろと命じられただけです。謁見できることも初めて知りました」

「はー、全然知らないんだね」

「この石像が寝ていたからじゃないですか！」

アリスがガーゴイルを指さす。

ガーゴイルはばつが悪そうに、「だって……」と反論しかけたが、アリスとスプリガンの厳しい視線を受けて黙った。

「ともかく、最初から説明をお願いします」

「うむ、よかろう」


幽神とは眠れる神だ。

永劫《えいごう》の旅の地ヴィマそのものを作りし原初の神々の一人であり、世界創造の後はヴィマを守護する役目を担っている。

ヴィマが生まれたばかりの頃は、様々な異世界からの来訪者に狙われていた。新しき世界は様々な資源や可能性を豊富に蓄えており、異なる世界の邪神や悪神にとって格好の餌だからだ。幽神はそれらの敵からヴィマを守るために戦った。

だが、あまりにも幽神様は強力過ぎた。異世界の敵から受けた悪意ある魔力や呪詛《じゅそ》をすべて己の力に変換して相手に打ち返し、ヴィマを守り切ったは良いが、力を持て余してしまった。

ただ息を吸って吐くだけで周囲の命を奪ってしまうほどの呪詛を体内に貯《た》め込んでしまった。漫然と活動し続ければヴィマに生きる存在すべてが死に直面する。それは決して、心優しい幽神の本意ではなかった。

そこで幽神はヴィマに生きる種族に協力を求めて、自分を封印させた。

そして自身が目覚めることがないように、眷属たちに霊廟を建てさせたのだった。

「……じゃが、幽神様は永遠の眠りについたわけではない。もし将来、異世界の敵が現れて幽神様の眠りが妨げられれば、幽神様と異世界の敵との戦いの余波でヴィマを滅ぼしてしまう可能性があるのじゃ。そこで」

ガーゴイルが重々しく説明し、おほんと咳払《せきばら》いをする。

「そこで？」

「この霊廟を守る守護精霊を倒し最深部に到達できるほどの猛者であれば、幽神様と戦い、呪詛の力を減らす程度のことはできよう。さすれば幽神様の体は浄化され、この地に生きる者の繁栄も長引く」

「そんな事情が……」

「幽神様の呪詛を少しでも浄化できたならば願いは思うがままじゃ。古代の遺産をねだるも良し。永久の命を願うも良し。古来より多くの冒険者たちが願いを叶《かな》えるために霊廟に挑戦したものじゃった」

アリスは驚いた。その情報が正しいとしたら、あまりに多くの情報が抜け落ちている。

「私が知っているのは、『幽神とその眷属がいる。幽神がいつ目覚めるかわからない』というところまでです。他の話はまるで伝わっていませんね……」

「まあ、千年近く挑戦者は現れておらんから、伝承が正しく伝わらなかったのじゃろう。いや儂《わし》も暇で暇で仕方なくてずーっと寝ておったわ」

ガーゴイルがけらけらと笑うが、それを見たスプリガンがげしげしと蹴った。

「お前が寝てたから面倒事になったんだろ！　反省しろよ」

「いてて、すまぬすまぬ」

ガーゴイルはあまり表情が変わらないため、反省はあまり感じられなかった。

もっとも、怒っているのはスプリガンばかりで、アリスにとってはどうでも良い。それよりも気になることが幾つかあった。

「質問があります。今、私がいる部屋の『鏡』はなんなんですか？」

「あれは幽神様が様々な異世界に旅立った神々と交信するためのものじゃが……開発に失敗して放置しておる」

「欠陥品というわけですか。確かに人間は移動できないようですしね」

「いや、そうではない。そこは正常じゃ。疫病や呪詛、あるいはこの世界に害意を持つ者を招かないためのセーフティじゃからな」

「正常……？　ならばどこが失敗作なのですか？」

「去っていった神々と連絡先の交換を忘れてしまったらしい」

アホなのか？　という呆れた顔がアリスの表情にありありと浮かんでいた。

「い、いや、仕方ないのじゃよ。空間と空間を繋《つな》ぐというのは神であっても難易度の高い魔法じゃ。ミスも出るわい」

　アリスは脱力感を覚えつつも、話を本題に戻した。

「ま、まあ、そこを深く掘り下げたいわけじゃありません。ただあの鏡はこれからも使わせて欲しいんです。お願いします」

「いやぁ、頼まれても儂のものでもないし、そもそも廃棄されたものじゃからのう……。とはいえ幽神様はずっと眠っておられるし、仮に目覚めることがあっても慈悲深い神じゃ。あれを利用して悪神や邪神を引き入れたら怒られるじゃろうが、そうでなければ問題はなかろう」

「なるほど、幽神様はお優しいんですね」

「もっとも、完全に覚醒した幽神様はあまりにも強力すぎて普通の人間など視線が合うだけで死に至るのじゃが」

「あー、うん、とりあえず使わせてもらいます」

　アリスがほっと安心したところで、スプリガンが口を挟んだ。

「ていうかあんた、どーして幽神霊廟の魔物なんかをわざわざ倒しにきたの？　外じゃこの霊廟のことは忘れ去られてるんでしょ。願いを叶えて欲しくてきたわけでもなさそうだし」

「確かにそれも不思議じゃの」

　アリスは、はっきりと説明するべきか迷った。あまり大っぴらに語りたい話ではない。

しかしアリスはすでに誠《まこと》に洗いざらいぶちまけており、十分に心の整理が付いていた。

「わかりました、話しましょう」

そしてアリスは、自分の身に起きたこと、そして誠と出会ったことの説明を始めた。


「おや？　いい香りですね？」

アリスは身の上話を終えた後、スプリガン、そしてガーゴイルを連れて再び『鏡』の前に戻ってきた。

すると、何やら香ばしい香りや食欲を誘う香りがアリスの鼻孔をくすぐる。

炒《いた》めたトマトの酸っぱい匂いや、肉が焼かれる匂い。旨味《うまみ》漂う魚介の香りも混ざっている。ぐうとお腹《なか》が鳴るのをアリスは我慢しつつ、『鏡』の方を眺める。

「おかえり。待ってたよ」

「ただいま、翔子《しようこ》さん」

そこにいたのは翔子だ。誠はどうやら奥のキッチンにいるようで『鏡』の前にはいない。そのかわり台所の方からはぐつぐつと何かを煮込んだり、フライパンの上で何かが焼ける音が聞こえる。

「マコトが何か作ってるんですか？」

「あいつ、アリスを心配して何にも手を付けられなくってさ。そんなに落ち着かないなら料理でもしてろって言ったんだよ」

「翔子姉さんやめてくださいよ」

誠が恥ずかしそうに咳払いをしながらやってきた。

その手には熱々の料理を載せた皿がある。

そういえば、とアリスは自分がひどく空腹だと気付いた。朝食は配信前ということで控えめにしていたし、スプリガンと大立ち回りして体を動かし、そして複雑な話を聞いて頭も回した。いくらでもお腹の中に入りそうだ。

「アリス、お腹空《す》いただろう。みんなで食べないか？」

「あっ、ありがとうございます。でもなんか……いつもより豪勢ですね？」

心配してくれたことへの喜びと空腹がバレたのではないかという照れで顔を伏せつつ、アリスは尋ねた。

すると、誠の顔がにっかりと笑う。

「すごいことになったからな」

「すごいこと？」

アリスはまったく心当たりがない。自分が聞いた話以上に驚くことがあるだろうかと首をひねっていると、誠がタブレットをアリスに見せる。

「これは……へっ？」

そこに表示されていたのは『動画配信者になろう』のトップページだ。

見慣れたものがそこにある。

以前投稿した動画のサムネイル画像だ。

「今日の注目動画。アクセス数の伸び率が高いものがそこに表示されてる。で……」

誠は『聖女アリスの生配信』のホーム画面を開いてアリスに見せた。

その画面に、正確には画面に表示されている数字に、アリスは驚愕《きようがく》した。

「ちゃっ、チャンネル登録者数……5万……!?」

「ああ。配信中に1万人まで増えて、配信が終わった後もますます勢いがついた。だから5万人突破記念をやろうと思ったんだ」

「し、しかもさっきの配信の振り返りが……動画再生数10万……。他の動画もものきなみ万単位で再生されてます……」

「応援コメントも読み切れないくらい入ってる。あとでまとめて返信しとこうか」

「そうか、なるほど……そういうことでしたか……」

アリスは、なぜ自分がスプリガンに勝つことができたのか納得した。

それは聖女としての力だ。送られた応援や祈りを自分の力に変換する『人の聖女』の権能が発動したためだ。動画を通して力を得られたことに、アリスは奇妙な感動を覚えていた。

「むっ、疑ってる人もいますね。まったく失礼な」

アリスはコメント欄をスクロールして眺めた。純粋な応援のコメントが多いが「特撮だろ」、「映画のプロモ？」、「この人たちどの劇団にいるの？」などなど、アリスの素性や動画そのものを疑うコメントが多い。そもそも、動画自体を面白がってるだけの人間も多い。切実に世界の救済を願う人ばかりの自分の故郷とは全然違う。

それでもアリスは、満足していた。

「まったく、気楽な人ばかりですけど……気楽に生きていける世界は、よいものですね」

「ならよかった。ところでアリスちゃん……なんか変なのが増えてないかい？」

翔子がちらりとアリスの後ろを見る。

そこには、一人と一匹の姿があった。

「うっ……うっ……ひどい……こんなのあんまりだぁ」

「なんとむごいことを……これだから人間の国は信用できんわい……！　ぐすっ」

スプリガンと、ガーゴイルだ。どちらもぐしぐしと泣きべそをかいていた。

「……どうしたんだい、これ？」

翔子が呆《あき》れ気味に尋ねた。

「はぁ……私がここに来た経緯を話したらこんな風になってしまって」

「涙もろいんだねぇ。しかもなんか一匹増えてるし」

「だって、だって、ひどいじゃないのさ！」

　スプリガンが大声で嘆くが、アリスは肩をすくめただけだった。

「同情してくれるのはありがたいんですが、もう私の中では済んだことです。それより、この『鏡』使わせてもらうということでよいですね？」

「うんうん！　幽神様が目覚めてもきっと納得してくれるよ！」

「そうじゃそうじゃ！」

　スプリガンとガーゴイルが激しく首を縦に振った。

「目覚められても困りますけど……ともあれ、ありがとうございます」

「ぼくらにできることならなんでも言ってね！　霊廟《れいびょう》攻略のルールに反しないことなら、幾らでも協力してあげるよ！」

「うむ！　大船に乗ったつもりでおると良い！」

「だ、そうです」

　アリスが困ったように翔子の方を見た。

「とりあえず部屋の片付けでもしたらどうだい？　まだ準備中だからね」

「準備？」

「5万人突破記念やるって言っただろ？　料理はどんどん来るよ。片付けなきゃ並べきれないさ」

「パーティー向け料理なんて久しぶりだからな。楽しみにしててよ！」

翔子の言葉に、キッチンの方にいる誠が声を張り上げた。

誠が『鏡』の範囲外にいてもアリスは彼の存在感と優しさを感じ、顔を綻ばせる。

「そういうことなら準備しなきゃですね！　スプリガン、鎧《よろい》はどこか壁にでも立てかけてください。片付け始めますよ！」

アリスはスプリガンとガーゴイルに命じて掃除を始める。

そして倒れた家具を脇に寄せたり埃《ほこり》を払ったりする内に、パーティーの用意も整っていった。

「えー、そういうわけで、『聖女アリスの生配信』、初の生配信の成功、フォロワー5万人突破、それと撮影スタッフメンバーの増員、諸々《もろもろ》を祝って、乾杯」

誠がビアグラスを掲げると、全員がそれにならって手元のグラスを掲げた。

「「「かんぱーい！」」」

誠の部屋の方には、誠と翔子が。アリスの部屋の方にはアリス、スプリガン、ガーゴイルが並んで座っている。そして鏡を貫通するようにテーブルが置かれ、様々な料理が並べられていた。

今日はイタリア料理風のラインナップだ。メインはピザとアクアパッツァだ。炙《あぶ》られたチーズとトマトの香りや、アサリの出汁《だし》の魚介の香りが複雑に絡み合い、全員の食欲を刺激している。

他にも大皿に盛られたサラダや肉料理、そして酒を中心とした飲み物などなどが所狭しと並べられていた。

「……ガーゴイル、これが異世界の酒か」

「ほほーう、石像の体のガーゴイルが何の頓着もなくビールを飲んでいるのを見て、アリスが呟《つぶや》く。

「眷属《けんぞく》で食事できないものはおらんぞ。まあ食事しなければ生きていけない者もほとんどおらんのだが」

「便利なものですね」

「そのかわり役目には縛られるぞ？　今まで暇で暇で仕方なかったわい」

「それは流石《さすが》に想像もつきませんが……」

「まあまあ、そんなことよりさぁ！　面白い世界と繋《つな》がったじゃない！　他の世界はつまんないところばっかでさぁ。年がら年中戦争しかしてないところとか、人間みたいに喋《しゃべ》れる生命体がいないところとか。そんなのばっかし！　ひどいんだよ、聞いてよねえ！」

スプリガンが大きなジョッキで酒を飲み干したと思うと機関銃のように喋り始めた。

アリスが呆れて肩をすくめる。

「まったく、武人みたいな佇《たたず》まいをしてると思ったら、中身も性格も全然違うじゃないですか」

「ほら、アリスも食べなよ」

誠《まこと》が料理をよそってアリスに渡した。

「これがアクアパッツァですか。鯖《さば》の味噌煮《みそに》とも違いますね」

「まあ食べてごらんよ」

アクアパッツァとは、魚介をトマトで煮込んだ料理の総称だ。今、誠が作ったものはアサリを白ワインで蒸して出汁をとり、そこにセミドライトマトと小鯛《こだい》を入れて炒め煮にしたものであった。

「……！」

アリスが無言になった。

そして、一心不乱に食べている。

「感想は聞くまでもなさそうだな」

「昔を思い出すねぇ。……さて、乾杯もしたしあたしは帰るよ。会社的には４人以上の飲み会禁止にしてるしね」

「む、帰るのか？　そういえばそこのシェフも食っとらんようだし、腹でも壊したのか？」

ガーゴイルが不思議そうに尋ねる。

「それが、こっちは疫病が流行《はや》ってて色々と差し障りがあるんだ」

「疫病じゃと？　穏やかじゃないのう」

「あー、コロナって言ってな……」

そこで誠が、コロナが蔓延《まんえん》してることや飲み会・会食が制限されていることなどをかいつまんで説明した。

「そらまた大変じゃのう。じゃがそっちは実質二人の宴会だろうし問題ないと思うがの」

「実質二人？　どういうことだい？」

翔子《しょうこ》が、意図が摑《つか》めず聞き返した。

「おぬしらがこちらへの感染を心配する必要はない、ということじゃ。鏡がフィルターとなって歯止めが掛かるからの」

「……それ、本当かい？　食べ物や服は問題なく行き来できて病気だけは大丈夫ってのも信用しにくいんだけど……」

翔子の疑いの目に、ガーゴイルがふふんと自慢気に鼻を鳴らした。

「過去に幽神様が戦った異界の神々や、その手先の使徒の中には、猛毒や病魔の権能を持つ者もおった。じゃが幽神様は偉大なる『死』を司《つかさど》る神。数千万種類の感染症の原因となるウイルスや菌、あるいは異常タンパク質のように生命と言うには微妙なものなど、数億種すべてに死を与えて封殺した。この『鏡』のように転送機能を持つ魔道具には基本的に幽神様の力を与えられておるから何の問題もないわい」

　えっ、という声が誠と翔子から漏れた。

「そういうことなら……食べようか。ご近所の親戚二人なら会食には当たらないし」

「……なんかズルしてるみたいで悪いけど、それならご相伴に与《あずか》るかねぇ」

　やはり参加したかったのか、誠と翔子は嬉《うれ》しそうに席に座り直して料理を食べ始めた。

「……なら、人間も行き来できていいんじゃないですか？」

　アリスがガーゴイルに尋ねた。だがガーゴイルは小さく首を横に振る。

「それはまた別問題じゃ。防疫ではなく防衛の話になるからの。異世界からの侵略者を迂《う》闊《かつ》に招くことにも繋がりかねん。これればかりは幽神様がお決めになられたこと、儂《わし》には逆らえぬわい」

「そうですか……」

　アリスがガーゴイルの答えに内心落胆を覚えた。

　だがそのとき、翔子と誠の会話が耳に入った。

「やっぱりテイクアウトも悪くないけど、こうして作りたてを食べるのが美味《おい》しいねえ」

「まあ親父《おやじ》ほどの腕じゃないけど、そう言ってくれると嬉しい。翔子姉さんもけっこう来てくれたもんなぁ」

　その言葉に、アリスがぴくりと反応した。

アリスは誠の両親のことは他界していると聞いただけで、それ以上のことはあまり聞いていなかった。ついついアリスは口を挟む。

「さぞかし、腕の立つ料理人だったんでしょうね」

「ああ。子供の頃から教わったおかげでこうして仕事もできてる。親から教えてもらった料理でバズったし、親父様々だよ」

「そういえば、マコトは動画を作らなくて大丈夫なんですか？　料理動画とか撮ってませんでしたっけ？」

「作ってるぞ。アリスの」

「それは嬉しいのですが……私にかかりきりではまずいのでは」

「いや、俺はこのままアリスのサポートに回った方がよさそうだ。見てくれ」

「ん？　フォロワー数なら先程見ましたよ」

「そこじゃない。別のところだよ」

　誠がタブレットを操作する。

　それをアリスに見せると、アリスは絶句した。

「こ、これは……」

「すごいだろ？」

　誠が見せたのは動画のチャンネルではなく、まったく別のＳＮＳのトップページだ。

　アリスの名前が流行ワードとなっており、そこから話題を拾い上げると様々な感想や議論がざくざく湧いて出てくる。口論やレスバトルに発展しているのも珍しくない。

「次の動画を早く出さないと炎上しそうな勢いで質問が殺到してるんだ」

「……凄《すご》いことになってますね……。なにかコメント返しして説明した方がいいでしょうか……？」

「無事を報告するだけでいいよ。詳しい説明は動画として投稿しよう。ついでにスプリガンにも出てもらって」

「あ、それはいいですね」

　誠とアリスが、スプリガンを見る。スプリガンは話に気付かず料理を堪能していた。

「ほへ？　なに？」

「あなたもなろチューバーになってお手伝いしなさい」

「なろちゅーばー？　よくわかんないけどいいよ？」

　そういうことになった。

「じゃ、あたしはそろそろ帰るよ。おつかれさん」

「儂らもそろそろお暇《いとま》するかの」

「まったねー」

すでに夕刻となり、アリスと誠以外の全員がそれぞれ帰途についた。

テーブルの上の料理も片付けられ、お冷を飲むためのグラスがあるだけだ。

「では、そろそろ私たちも寝ましょうか」

「……の前に、1杯だけ付き合ってくれないか？」

アリスが引き上げようとすると、誠がそれを押し留《とど》めた。

「1杯？　構いませんが……」

「ちょっと面白いものを見つけて買っておいたんだ」

そう言って誠が取り出したのは、金色の液体が入った瓶であった。

アリスは一瞬ビールかと思ったが、よく見ればビールよりも濃い琥珀色《こはくいろ》をしている。そしてラベルには可愛《かわい》らしい蜂が飛んでいる絵が描かれていた。

「蜂蜜酒《ミード》だ」

「えっ、これが……!?」

「そっちの世界のものとは味わいが違うかもしれないけどな。どう？」

アリスは、静かにこくりと頷《うなず》いた。

誠は慣れた手付きでコルクの栓を外し、黄金色の液体をグラスに注いでいく。

「じゃ、乾杯」

誠はアリスに満たされたグラスを渡し、『鏡』越しにグラスを合わせた。

一口飲むと、アリスは顔をほころばせた。

「これは……甘いですね……!?」

「酸味抑えめの白ワインって感じだな……しまった、これにあう肴《さかな》を作っておけばよかった」

「いいですよ。これだけで十分美味しいです」

アリスはうっとりとした顔で蜂蜜酒を味わう。

「そっかぁ……これが蜂蜜酒なんですね……。みんなが夢中になる理由もよくわかりました」

「そっか」

「また願いが叶《かな》いました。お菓子をお腹《なか》いっぱい食べることも。蜂蜜酒を飲むことも」

「うん」

アリスが頬を赤らめて微笑《ほほえ》み、誠はそれを満足そうに眺めた。

「マコト。私、目標ができたんです」

「目標？」

「この、幽神霊廟《ゆうしんれいびょう》の最深部を目指そうと思います」

「ああ、幽神さまに会えたら願い事が叶うんだっけ。……ってことは、なにか他に願い事があるのか」

「はい」

「そういえば前に、子供の頃の願いのお話をしたっけ。あれはまだ秘密？」

鋭い人だなぁ、と思いながらアリスは微笑んだ。

「まだ秘密です」

「ずるいな。教えてくれよ」

「ダメです、絶対秘密です。それよりもっと楽しみましょう」

アリスはすぐに1杯目を飲み干し、おかわりを求めた。

そして瓶の口が鏡を通ってアリスのいる世界に来た瞬間、華麗な手際で瓶ごとアリスが奪った。

「マコトも、もっと飲んでください。私が祝われるばっかりではおかしいでしょう？　私とあなたでチャンネルの運営をしてるんですから、マコトも祝われる側です」

「あんまり酒は強くないんだけどな。ま、いいか、今日くらい」

「そうですそうです」

誠は観念したとばかりにグラスを差し出す。

アリスは意外と、人に酒を飲ませるのが得意だった。

戦勝の酒宴に出た回数も多く、自分は酔わずに人を酔わせる流れを作るのはお手の物だ。

以前、誠と飲んだときはメンタルがぐずぐずだったことに加えて、初めて味わうラガービールにうっかり感動して不覚にも自分自身が酔い潰れてしまったが。

ともあれ、誠は上手《うま》くアリスの手のひらで踊らされ何杯も蜂蜜酒を飲んでしまった。

蜂蜜酒は飲みやすい割に度数が高く、ワインより強いものも珍しくはない。

気付けば誠はテーブルでうたた寝をしていた。

「本当は、秘密にするほどのお願いでもないんですけどね。でも驚かせたいからまだ秘密です。……ガーゴイルの話が正しければ、幽神様に謁見してお願いする余地は十分にありそうですし」

アリスは部屋の毛布を手に取り、自分用に買ってもらったマジックハンドを駆使して器用に誠にかぶせた。

いつかの日と逆の立場となったことが嬉しく、そして寂しく思う。

彼の優しい手に触れることができたなら。

彼の優しい手で触れてもらうことができたなら。

それは、『鏡』に隔てられたアリスと誠には叶わぬ願いだ。

今は、まだ。

「……おやすみなさい。また明日もよろしくおねがいします」

■幽神霊廟について、私、聖女アリスの口から説明したいと思います

／フォロワー数：78275人　累計good評価：1892256pt

『聖女アリスの生配信』をご覧いただき、みなさま誠にありがとうございます。

特に生配信を見守ってくれて今まで心配してくれた方々、本当にすみません。

また、今回のトラブルをきっかけに過去の動画を見てくれた方々や、チャンネルブックマークをしてくれた方々にも本当に感謝しています。

本題に入る前に、一つご報告です。

なんと！　早くも収益化ラインを超えました！

今は運営からの審査待ちですので、正式決定はまだですけれども！

やったー！

ぱふぱふー！　いえーい！　おめでとー！

スパチャ投げさせろってコメントありましたが、これからは大丈夫です！

お財布に無理のない範囲でじゃんじゃんスパチャしてくださいね！

いえーい！　ひゃっほー！

……。

い、いえーい！

……。

い、いぇーい……。

……あ、えっと、すみません。はしゃぎすぎました。

今回の動画の本題ですが、色々と説明不足だったことを謝罪して、その上でみんなの疑問にお答えする、という企画になります。

で、まずはこの幽神霊廟の歩き方やチュートリアルから始めていこうと思います。

……いや、わかります、昨日のアレは何だったのか、ということを知りたい人が大多数だと思います。

なんで私の部屋で鎧《よろい》の巨人が暴れたのか。鎧から出てきた少年か少女か不明な生物はそもそも何なのか。ですがその答えを得るためには「そもそも幽神霊廟って何?」から説明しなければなりません。

と、いうわけで、幽神霊廟の入り口に移動しましょう。

……はい、移動しました。

いや、外から見るとほんとデカいですね。それで、入り口のすぐ側《そば》に石像がありますね?

この鳥人間みたいなやつです。私の世界ではガーゴイルって呼んでいます。城とか迷宮によくありますよね。なんだか地球にもあるみたいでビックリです。

今までの私はここでイベントをスルーして突っ込んでしまったんですね。というわけで、改めてガーゴイルさん。

「わ、儂《わし》が、ここの守護精霊の、が、ガーゴイルじゃ」

表情硬いですねー、はいリラックスリラックス。笑顔ですよ。にっ。

「おぬしこそキャラ違くない？」

あの、そういうのやめてください。カメラ回ってますんで。

「すまんすまん」

彼がここの門番だそうです。本来ならばこのガーゴイルさんに色々と説明を聞いた上で幽神霊廟を探索するらしいのですが、いやあ、すっ飛ばしちゃいましたね。すみません私、マニュアル読まずにゲームするタイプなんです。まあ私はそもそもマニュアルの読み方がよくわかってないんですけど。

「……勇敢な人間の戦士よ。よくぞ幽神霊廟へ参った。もしおぬしが10階層毎《ごと》に現れる守護神を倒して最深部の地下100階層に辿《たど》り着いたとき、褒美は思いのままじゃ」

はい、ありがとうございまーす。そういうわけで、ここを攻略すると幽神様に謁見できるらしいです。わー、ぱちぱち。

「軽いのー」

話が壮大すぎてティンと来ないんですよ。ま、ともかく地下10階層までサクサク潜ってみましょうか。

「え、儂の出番これだけ？」

あ、はい。

なにかやります？　場面終了のアイキャッチな挨拶とかジャンケンとか。

「自然な流れで定番アイキャッチができるならともかく、無理矢理な流れでやっても寒いだけじゃないかのう。それになんかパクリっぽいし」

たまにツッコミ鋭いですねあなた。

それじゃあ移動しまーす。あざっしたー。

「雑じゃのー。なんか儂がもうちょい格好良くバえる企画考えておいてくれ」

はーい、なんか思いついたらがんばります。

さて、地下1階層から5階層までは、地表階層と同じ石造りの迷宮ですね。代わり映えしないんで飛ばしましょう。次の地下6階層から10階層は、森と平原が組み合わさった広大な場所ですね。

住環境が良いのか、野良犬とか野良狼《おおかみ》とか野良ドラゴンとか住んでいます。以前探索したときのドラゴン退治の動画もあるので、未見の方はそちらもどうぞ。

「ギャワー!?」

「グワッ！　グワッ！」

「はよせな」

……ええと、ドラゴンが私の姿を確認した途端に猛スピードで飛び去っていきました。

こないだ戦っていたのが他のドラゴンにも見られてたのかもしれませんね。他の魔物も近付く様子がありません。以前ここを探索したときと比べて明らかにエンカウント率が下がってます。

みなさんの応援のおかげで魔力がめちゃめちゃ高まってますし、そのあたり感知されてる気もします。

せっかくできあがった聖剣ピザカッターも、スプリガン戦以来使いどころがないですね。あ、剣の名前は仮称です。ピザを切る刃物メーカーにお願いしたのでそんな名前にしてるだけです。アイディアがある人はぜひぜひコメント欄に書き込んでくださいね。

ともかく、だいたいこんな感じの光景が続きますから10階層まで飛ばしましょう！

はい、ジャンプ！

……はい！　ここが10階層ですね。

「ねえ、いまなんでジャンプしたの？」

ジャンプして場面転換して着地するやつ、やりたかったんです。

「ふーん、まあいいや。戦士よ、よくぞ我が守護する10階層まで来たな。ほめてやるー」

もうちょっとやる気ある感じでやりませんか？　鎧も脱いでますし。あれ意外と評判いいんですよ。

「いや、アリスがめちゃめちゃめちゃ壊しちゃったじゃん」

……そうでしたね。

腕とか千切れたりひしゃげたりしてましたし。

「オーバーホール中だよ」

予備とかないんですか？

「あるけど、ケンカするのもたまにでいいよたまにで。50年に1回くらい」

長命種特有のウエメセ時間感覚ですね。

「そお？　それよりゲーム実況しようよ、ゲーム実況。アリスは壺《つぼ》少年やらないの？」

えー、知らない視聴者様に説明しますね。壺少年とは、壺に入った少年をマウス操作で移動させて、少年が囚《とら》われていた謎の研究所から脱出させるゲームです。私あれ苦手なんですよね。あとFPSとかTPSとか、マウスぐりぐり視点移動させて戦うゲームもだいたい苦手です。

「じゃあなにが得意なのさ」

パズルくらいです。というかゲームそのものをまだまだよくわかってませんよ……あ、でもゲームじゃないけど、パソコンを使った好きな遊びができました。

「なになに？」

ストビュー散歩です。

「ストビ……え？　なに？」

地図アプリに、ストリートビューイングって機能があるんですよ。まるで自分がそこを歩いてるような視点になって動かせるやつです。

「それでなにするの？」

渋谷とか京都とかを地図アプリ内で散策して、旅行した気分になるんです。こないだは東京から出発して茨城あたりまで歩きました。次は東北を通って北海道を目指すつもりです。

あ、そうだ。スカイツリーも見たんですが凄《すご》く良かったですね。あれってこの世界の世界樹とかより大きいですよ多分。他にも色んな観光名所があるので、どんどん歩き回りたいですね！

「……アリス。それ、ちょっと寂しくない？」

寂しいってなんですか、寂しいって！

「いや……なんかこう、人間から迫害されてるのに人里の灯《あか》りや賑《にぎ》わいに憧れるモンスター感があるっていうか……」

迫害されてませんけどぉ！

いやこの世界の人類どもはともかく、地球じゃちょっとは名の知れた愛され配信者なんですけど！

「まあともかく、ゲームやろうよゲーム」

私の魂の叫びをともかくで流しましたね？

「欲しい物リスト作ってもらったらゲームを送ってくれた視聴者さんいるんだよね。勝ったら先進んでいいからさ」

ですからなんで私より馴染《なじ》んでるんですか!? ていうか私、あなたに勝ちましたよね？

「あー、勝ったってことでいいのかな？ でもよく考えたら僕の守ってる10階層を突破したとも言いにくくない？」

じゃあ今からゴッ倒すので構えてください。

「ボク、マルゴシ。ブキ、モッテナイ。オソイカカルノ、ヒキョウ。オーケー？」

なんで片言なんですか。

まあ確かにフェアじゃないかもしれませんが……かといってゲームもフェアではないでしょう。私だって不得意なんですから。

「じゃあこうしようよ。多人数プレイするゲームで、視聴者も参加できるようにしよ。それで視聴者は好きな方に味方するとか」

ここWi-Fi届かないから無理じゃないですか？

「あ、大丈夫。『鏡』の向こうから来る電波くらいなら拾えるからここでも通信できるよ。もともと霊廟《れいびょう》全体は次元が繋《つな》がってて、電波も霊波もビンビンに繋がるの。そもそも、どこからでも1階層にワープできるんだよ。人間飛ばすよりも電波繋ぐ方が遥《はる》かにハードル低いに決まってんじゃん」

えっ、知らなかったんですけど。ていうか霊波ってなんですか。電波すらよくわかんないのによくわかんない波がビンビンに繋がるって言われても怖いだけなんですけど。

「ともかく、録画撮影だけじゃなくてここで生配信もできると思うよ」

じゃあ今度は生配信試してみましょうか。

「僕、アリスのサブチャンネル担当するから今のうちにゲーム実況配信のやり方とか覚えておきたいんだよね。いいでしょー？」

いいですよ。ただ、今回は解説動画なんで別枠でやりましょう。

「はーい」

というわけで、次回の迷宮探索動画もお楽しみに！

スプリガンは一体どんなゲームを提案するのか！

そして次なる11階層から20階層では一体なにが待ち受けているのか！

まだまだ未知の部分は多く、これからもアリスは頑張って探索してきたいと思います！

いかがでしたか？

「あ、次は魔女が支配するお城だね。トラップがたくさんあるし転がってる武器やアイテムは基本呪われてるから気をつけてね。炎の魔法が得意だから魔法で対抗すればなんとかなると思うよ」

いやここで唐突なネタバレやめてくださいよ。

こほん！　ともかく、チャンネルフォローとｇｏｏｄ評価もお願いしまーす！

まったねー！

◆

「……どうしてこれでアクセス数が稼げるんでしょうね？」

アリスが画面を見ながらなんとも微妙な顔をした。

生配信トラブルから1週間が過ぎた。当初はファンタジーやオタク向けコンテンツが好きな人に対してバズっており、初日のフォロワー増加は5万人。そこで打ち止めかと思いきや、堅調に伸び続けた。

この1週間で、オタク系の視聴者以外にもアリスちゃんねるの異常性が認知され始めたのだ。作り物とは思えない幽霊やドラゴン、水晶のような蜘蛛《くも》は、生き物・ペット系動画を見る人々にも大きな驚きを与えた。

また、建築関係が好きな人にも幽神霊廟の異常さが伝わった。地球上にはあんな建築物はなく、あの大きな天井を支える柱の材質はなんなのか、どういう重機や工法に頼ればあんな無茶な建物を作れるのか、どうして地下に入った瞬間に別世界になるのか……などなど、終わりのない議論を続けている。

あるいは気象・天文などの専門家も疑問を投げかけた。地球から見える星空とはまったく違う星が見えることや、雲の流れが地球とは微妙に異なっているなど、各方面から「この動画なんかおかしい」という疑問がどんどん投げかけられており、検証まとめサイトが出来上がりつつあった。ついでに言えば『アリスの旦那ってどこの誰やねん特定班』のトピックも熱く盛り上がっている。

だがもっとも視聴者に受けたのは、アリスの素の性格であった。

「アリスが絶叫して蜘蛛を倒してるシーンが一番コメント多いんだよなぁ」

誠《まこと》がぽつりと呟《つぶや》いた。

『動画配信者になろう』の視聴者たちは、なぜかアリスの悪態や罵声を大変高く評価していた。動画内でアリスが大絶叫する度に高評価やハイテンションなコメントが書き込まれる。これこそがアリスのチャンネルの個性だと言わざるを得なかった。

「ですからそれがわかんないんですけど!? 普通、ここまで口が悪い女の子ってドン引きしませんか!?」

「自分でそれを言っちゃうのもどうかと思うけど……」

「それはわかってますけどぉ！」

「まあまあ落ち着いて。お茶でも飲んで」

アリスが、誠に出された麦茶を飲んで深呼吸した。

「と、ともかく、更に追加で2万フォロワーを獲得したのは素晴らしいことだとは思います、はい……」

「う、うん」

ちらっと誠はチャンネルブックマークの数を見ると、7万8825人と表示されている。

そして今も少しずつ1人、また1人と増えていく。

「でも、もうちょっとクールな動画とか、華々しくて綺麗《きれい》な動画も撮りませんかぁ……?」

「そ、そうしよう」

アリスの涙ながらの訴えに誠は素直に頷《うなず》いた。

だがそもそも、アリスは撮影モードに入るとやたらとハイテンションな性格になってしまう。本人曰《いわ》く「面白いことのためならなんだってやってしまう、トランス状態になってしまいます」とのことで、本人が自覚的にその性格を抑えないとどうにもならない問題であった。

「ともかく、これで収益化には問題ない程度にブックマーク数も再生時間も稼げそうだ。広告案件も来るかもしれないし、がんばろう」

「ハッ、そ、そうでした……。私もこの世界でお金が稼げるんですね……！」

「ああ、そうだ。最初の月は微々たる額だろうけど、このペースで動画を投稿していけば収益アップは間違いないよ。頑張ろう」

「ハイ！」

アリスは元気よく頷く。

だが、喜んだ顔が少し曇った。

「……となると、私はこのキャラ付けを続けたほうがいい……？」

「そこはまた後で考えよう」

だが、アリスはこのとき気付いていなかった。視聴者が勝手に動画を切り貼りして「アリス絶叫場面集」と題してSNSなどに投稿され、これがまたバズってしまうことに。

そしてアリスの悪態そのものに「ファッキンエヴァーンしぐさ」、「エヴァーンクソマナー講座」などという謎のあだ名が付いて更なる人気が出て、ますますアリスのチャンネルフォロワーは増えていくのであった。

■炎の魔女と出会った

／フォロワー数：880007人　累計good評価：2109334pt

はい！　アリスです！

今日はなんと、生配信で幽神霊廟の攻略を進めてみようと思います。

「スプリガンだよー。今日は撮影スタッフやるからよろよろー」

さて、今回新たに攻略するステージは前回お話しした、魔女が支配するお城ですね。

その中には様々なトラップがあるようで、うっかり罠《わな》にはまったらカメラを紛失する恐れがあるんだそうです。ですので今回は特別に、撮影はこの子にお任せすることになりました。

「攻略の手助けとかはしないんだけどね。罠に落ちたらそのまま撮影するし。でもリスポーン地点まで僕だけ徒歩で戻ることになるの、ちょっとめんどくさいね」

リスポーンってどういうこと？？？？？？　ここって死にゲーの世界なんですか？？？？？

「あ、えっとね。無限に落下する落とし穴とか底なし沼とかあるじゃん？　そういうのに引っかかっても、1分くらい罠にはまり続けたらワープするから安心して良いよ」

それはつまり。

1分くらいは死の恐怖に耐えろという話ですか？

「まあアリスなら大丈夫でしょ。あと槍《やり》とか岩とか降ってきて挑戦者が死んだ瞬間、すぐさま回復魔法が発動して強制的に戻されるから」

いや人間の精神って脆《もろ》いですからね。人間以外の感覚で語らないでください。

てか私だけじゃなくて視聴者のメンタルとかアカウントＢＡＮとかも心配してください！

私がスプラッタなことになったら各方面に対して色々ヤバいんですからね⁉

「でも結局行くんでしょ？　配信するんだし」

行きますけどぉ！

◆

アリスは、霊廟の中を探索し続けた。

地下11階層から20階層は特殊な構造らしく、必ずしも下方向が「次の階層」とは限らない。

あえて階段を上った先に次の階層への転送ゲートがある一方で、真《ま》っ直《す》ぐ進む扉が次の階層へ転送してくれることもある。

そして一階層一階層が一つ一つの棟となっている。合計10階層あるということは、10の棟によって城が構成されていることを意味している。

「パズルみたいですね、ここは……しかも、作り手の性格がとびきり悪いんですけど」

アリスがうんざりしながら骨の魔物を袈裟《けさ》懸《が》けに斬り裂いた。

これはボーンソルジャーという魔法生物である。作り手の魔力によって動く操り人形であり、機敏で力強い。だが配信によって力を得たアリスの敵ではなかった。

「そこはまあノーコメントで」

スプリガンがそれを撮影しながら肩をすくめた。

「それ肯定してるのと同じじゃないですか！　なんですかこのトラップだらけの城は！」

ここは迷路のように入り組んでいると同時に、様々な場所にトラップが配置されていた。

少し色の違うタイルを踏むと槍が飛んできたり、迂闊《うかつ》にスロープに手をかけると巨岩が落ちてきたり、あるいはどこまでも虚空しかない落とし穴がパカッと開いたりする。どれ一つとっても致命的なダメージを負うものであった。

というかすでに数回アリスは実質死んでいる。

槍の罠に引っかかったときはアリスの溢《あふ》れる魔力によって弾《はじ》いて「いてっ」で済んだが、落とし穴に落ちたときは地下11階層の初期位置に戻されたりした。流石《さすが》に落下し続けるのはアリスも死の恐怖を感じ、小一時間休憩することとなった。

「配信映えするからいいじゃん。それにコメントでアドバイスも来て、トラップ回避もギミック攻略もできてるし、言うほど行き詰まってないでしょ？」

「そっ、それは確かにそうですけど」

「そこはここの守護精霊に黙っててあげるから、それで許して。冒険してない人からアドバイスもらうのって脱法行為っぽいし内緒だよ」

アリスやスプリガン以上に、この場所に恐怖を抱いた人々がいた。

誠、翔子《しようこ》、そして生配信の視聴者だ。

アリスが罠にはまって凄《すさ》まじい速度で発射された槍がぶつかる瞬間、全員が思った。

「これは死んだ」と。アリスに溢れる魔力がそれを防いだものの、ここは生半可な場所ではないと見ている人々は気付かされた。

アリスはそんなことはとっくに覚悟の上で霊廟《れいびよう》を探索しているが、ようやくその深刻さが映像によって伝わった。スプリガンに襲われたときのような事故とは違って、アリス自身が死地に足を踏み込んでいるのだから。

そこで誠は「公式攻略ｗｉｋｉ」を作った。

有志を募り、映像やスクリーンショットを元に霊廟の地図を作る。どこにどんな魔物が現れ、どんな罠があったのかを記録する。そしてまとめられた情報から傾向を推理し、次なるトラップやギミックを予想する。これが想像以上に成功した。

ある人物が公式攻略ｗｉｋｉに着目し、大々的に宣伝してくれたのだ。

その名は天下一《てんかいち》ゆみみ。大物Ｖｔｕｂｅｒであると同時に初回の生配信からずっとアリスを応援してくれるファンである。今までコラボのお誘いなどもなく配信者とファンという関係に過ぎなかったが、彼女が突然動いた。

彼女は自分の動画チャンネルでアリスが迷宮攻略する様子を実況し、自分のファンを公式攻略ｗｉｋｉへと誘導した。ＳＮＳでも活発に宣伝をしてくれた。

するとプロゲーマーやサバゲーマー、本職の自衛官、あるいは遺跡発掘を経験した学者など、様々な経歴の者が集まって攻略談義が始まったのだ。

結果、アリスがたった5回罠に引っかかっただけで視聴者たちの集合知が「作り手はこういう性格で、次はこんな罠を仕掛けてくるに違いない」という予測を立て、ことごとく的中するようになった。

今も活発にコメントが投稿され、「今歩いてる通路は細長い坂道だから、巨岩トラップが来るだろう」、「階段の下側出口にまた落とし穴がある」、「あの鍵穴は見え見え過ぎて怪しい。トラップが作動する」などと議論されている。

誠とアリスは「なんでこんな大物配信者がここまで手助けしてくれるのだろう」と不思議に思いつつも、天下一ゆみみに深い感謝の念を覚えた。

そして今や、守護精霊がいる手前の幽神霊廟地下19階層へと到達した。

だがそこは、これまでの階層とは雰囲気がまったく異なっていた。まず階層の入り口に「地下19階層　兼　休憩室」と記載されている。

「……どういうことでしょう？　スプリガン、何か知ってますか？」

アリスが首をひねった。

「あえて魔物が出ない部屋を用意してる守護精霊もいるんだよ。まあ僕はここに来たの初めてだから、どういう意図で置いたのかはわからないけど」

「あなたたち、意外と出不精ですね」

「ナワバリ意識あるやつ多いからさー。気にしない守護精霊のところにはよく遊びに行くけどね」

「つまりここの守護精霊はナワバリ意識が強いってことですか。まあ、そうでなければトラップ満載にはしないでしょうね」

「そーゆーこと」

アリスが目の前に広がる赤絨毯《じゅうたん》の通路を見れば、まっすぐ進んだ突き当りに「ここより地下20階層」と表記されていた。

その手前に、「休憩室」と書かれた部屋がある。この階層には一本道の通路と休憩室しかない、ということになる。魔物や罠の気配もない。攻略ｗｉｋｉの書き込みも「ここは本当に休憩室のようだ」という認識で一致していた。

地下11階層から20階層までの支配者は、恐らく罠を見過ごした間抜けは容赦なく殺すが、それを発見して回避した人間を更に死地に追い込むような真似《まね》はしない。むしろ、何度となく死に戻りすることで攻略のコツを体感できる流れになっている。「ここ作った人、厳しいけど悪い人じゃないよね」、「うん」という雑談が攻略wikiで交わされていた。

「守護精霊と戦う前に体を休めて準備を整えろ……というわけですか。ではお言葉に甘えて一休みしましょう」

アリスは警戒しながら扉を開けると、そこにはソファー椅子、テーブルなどがあった。どの調度品からも、瀟洒《しょうしゃ》で気品ある雰囲気が漂っている。まるで地球の東京やニューヨークのホテルラウンジのようだと思った。もっともアリスは当然行ったことなどなく、ウェブサイトを見て憧れていただけだが。

また魔道具による水道や冷暖房もあり、当初思っていた以上に快適かつ高級な雰囲気の場所だと気付いた。ここに悪意あるトラップがあればアリスはまたも人間不信に陥るだろうなと自嘲する。

だがそんな気分で部屋を眺めていると、妙に異質なものに気付いた。

「ん？　あれはなんです……？　棺《ひつぎ》……？」

瀟洒な雰囲気の部屋の奥には、大きな箱があった。

細長い形状に、艶めいた漆黒の表面。大きさをわかりやすく表現するならば、大の男が寝そべっても問題ないくらい、と言える。

「知らないってば。なんだろーね？」

スプリガンが興味深そうにカメラを向ける。

その様子はリアルタイムで視聴者が眺めている。

このとき全員、ちょっと麻痺《まひ》していた。視聴者は当然ゲーム感覚で眺めていたし、アリスたちももちろん、何かのトラップか、あるいはアイテムが入ってるかというワクワク感に支配されていた。

だから、棺を開いたときに「一番そこに入ってそうなもの」が何なのか、考えるのをすっかり忘れていた。

「あっ」

アリスが絶句した。

「し……死体だぁー⁉」

「ヤバいですよヤバいですよ！　放送事故ですよ！　撮影止め、あ、いや、生放送でしたぁー！　ごめんなさーい！」

スプリガンが率直に叫び、アリスが慌てふためいた。

そこにあったのは、白い顔をした少女であった。

日に焼けていないというだけではない。唇に赤みなどまったくなく、蒼白《そうはく》と言って良いだろう。

呼吸は、ない。胸や喉には一切の呼吸の動きはなく、まるで時間が止まったかのように静止している。

赤い長髪もまるで人形の毛のようにぱさついており、身にまとっている黒いワンピースはまさに喪服のようだ。そして周囲には色とりどりの花が押し込められている。

まさしく『丁寧に防腐処理された死体』としか見えなかった。

『うわヤバ』

『どーすんのこれ』

『美人の死体だった』

『BANされるんじゃね？』

視聴者たちもどよめいている。

アリスは額に手を当てて「あー」とか「うー」とか、言葉にならないうめき声を上げている。スプリガンはどうすることもできずにカメラを回し続けた。

「……るさいわね」

「……ん？　スプリガン、何か言いました？」

「え、ぼく？　何のこと？」

「あれ、空耳ですか……」

「ぅるさいっつってんのよ」

そのとき、赤髪の少女の目がカッと見開いた。

少しずつ血色が良くなっている。唇に赤みがさした。

長らく放置していた玩具《おもちゃ》に久しぶりに電池を入れ替えてスイッチを入れたかのようなぎこちなさで、ぎしぎしと腕や脚を動かし始めた。

まるで時間が少しずつ動き出したかのように、死者の気配が去っていく。

少女の周囲を埋め尽くしていた花が棺の中から落ち、枯れた。

「うえっ、げほっ……ちょっと、霊水を汲《く》んできなさい。そこの魔道具から出るから」

「あ、はい」

少女がぎょろりとアリスを睨《にら》む。

アリスは慌てて自分の荷物からマグカップを取り出して水を汲んだ。地球のビールサーバーに似たような形状で、宝石を触ると金属の筒から水が出る仕組みのようだった。

「これで良いんですか？」

「あー……生き返るわね……。300年ぶりくらいかしら。挑戦者がいないから寝てたのよ。……これあなたのコップ？　なにこれ可愛《かわい》いわね」

銀色のステンレスマグで、白いウサギが描かれている。誠《まこと》のレストラン「しろうさぎ」で試作したグッズの一つだが、「デザインがゴシックロリータ方面の可愛らしさが強すぎ

て、町中のファミリー向けレストランという店のコンセプトとちょっと合わない」と判断されて余っていたものだった。今はアリスの私物となっている。

「……で、あんた挑戦者よね？　あたしランダ。ここの守護精霊よ。時間凍結から起きたばっかりだからちょっと待って欲しいんだけど……っていうか」

「なんでしょう？」

「スプリガンだっけ。あんた10階層の守護精霊でしょ。なんで挑戦者の手伝いしてるのよ」

「手伝ってないよー。撮影してるだけ」

「サツエイ？」

「今、生配信中なんだ」

「よくわかんないんだけど」

そこで、スプリガンとアリスは配信についてあれこれと説明した。

ランダは静かに話を聞き、「異世界とかカメラとか詳しいことはわかんないんだけど」と前置きしてから言った。

「人のすっぴんを勝手に流してんじゃないわよこのバカ！」

めちゃめちゃ怒られた。

アリスたちは「ごもっともです」と頭を下げるしかなかった。

生配信は伝説となった。

具体的には、休憩室に入るまで振り返り録画は公開可能、そこからランダを映した場面についてはお蔵入りという沙汰となった。ランダのすっぴんの姿はリアルタイム視聴者の記憶にのみ残っている。

「なるほど、時間を止めてずっと寝ていたと……」

アリスは、『鏡』の部屋にランダを招いてお詫《わ》びがてら事情を聞いていた。

「多分300年くらいかしらね。あたし、他の守護精霊みたいに幽神に作られたわけじゃないの。スカウトされたのよ」

ランダは今から300年前、幽神霊廟《ゆうしんれいびょう》を攻略した冒険者なのだそうだ。見た目は10代半ばの少女といった外見だが実年齢とは違う。

彼女は森人と呼ばれる種族で、人間と天使や精霊の中間に位置する存在なのだそうだ。長命で強い魔力を持っているが今はヴィマの地から去った種族とされている。アリスは森人を目の当たりにするのは初めてであった。

「自分から守護精霊になることもできるのですか」

「昔は玄武っていう亀の魔物が守護精霊だったんだけど、40階層の守護精霊とラブラブでそっちに移っちゃった。で、ランダがそこに入って自分の好きなようにリフォームしたみたい」

丁度タイミング良く『鏡』の部屋に遊びに来ていてランダと鉢合わせしたスプリガンが説明すると、アリスはなるほどと頷《うなず》いた。

地下11階層から地下20階層は今までと経路が違い、まさしく人造の迷宮といった色が強く出ていた。冒険する人に何を与えれば困り、どうすれば攻略できるかを考えさせるという『試練』という目標が明確に打ち出されている。

「そーよ。あんたの先輩なんだから敬いなさい？　ていうかグラス空いてるんですけど！」

ランダはどうやら地球のワインがお気に召したようで、既に1瓶開けている。

『鏡』の向こうの部屋にいる誠が苦笑しながら新しいワインの瓶を開栓した。

「す、すみませんマコト。お詫びなら私が」

「いいよ。生配信の企画したのは俺だし迂闊《うかつ》だった。すみませんランダさん。あとこちらもサービスです」

「あら気が利くじゃない」

ランダは健啖《けんたん》だった。

彼女は他の守護精霊と違って食事をしなければいけないが、『霊水』という幽神が作った完全栄養食品に頼っていてずっとまともな食事をしてなかったらしい。ワインをがぶがぶと飲みながら、誠の作った料理を美味《おい》しそうに食べている。ガーリックシュリンプとバゲットのおかわりを重ねて、今は3皿目であった。

「ところで、ランダさんはこれからどうするんですか？　またお眠りに？」

誠が料理を出しながら、丁寧な口調で尋ねた。

「まあ、あんたらが20階層を攻略するまでは起きてるわよ。感謝しなさい」

「でしたら、配信を手伝ってくれませんか？」

「手伝い？　はぁ？　なんであたしが？」

ランダはくだらないとばかりに肩をすくめた。

「あたしは俗世に関わるのは嫌いなの。チキュウだとかハイシンだとか、愚民どもに褒めてもらえて何が嬉《うれ》しいのかしら。そんな儚《はかな》い名誉を求めるならば外に幾らでもあるでしょう。邪神から加護を得た魔王とか、そういう倒し甲斐《がい》のあるやつと戦いなさいよ」

「この地を滅ぼさんとする魔王はすでに倒しました。ですが……」

アリスは、自分の境遇をかいつまんで話した。

魔王を倒したものの国に疎まれて追放されたことや、他の聖女と対立していたことなど、だ。

それらの説明を聞いたランダの目が、妙に鋭くなった。

「……へぇ。あんた、聖女だったのね……。いいじゃない。ゴキブリみたいにしぶとい子、嫌いじゃないわよ」

「それは侮辱ですか」

アリスが、静かに怒気を込めて睨む。

だがランダは嗜虐《しぎゃく》的な微笑《ほほえ》みを浮かべて、怒気を正面から受け止める。

「褒めているのよ。よく似た後輩がいるのだもの、少し可愛がってあげたくなるの」

その瞬間、熱気と葡萄《ぶどう》の香りが部屋に漂う。

ごぼ、ごぼと、ランダが手にしているワインが沸き立ち始めたのだ。かと思えばすぐに液体はなくなり目が痛くなるような刺激的な香りへと変わった。ランダの手から放たれる熱気によってガラスごと溶けたためだ。

「くっ……魔法を放つでもなく、ただの熱気だけで……」

アリスは、目の前の少女に恐怖を抱いた。

遊び心程度の力を込めるだけで、ランダが太陽のような熱気と輝きを放ち始める。

「自己紹介が少し足りてなかったわね。あたしの力は『炎』。炎の魔女ランダ。世界を救った功績に守護精霊へと転生して長き眠りに耽溺《たんでき》していたけれど、あなたみたいな後輩がいるならば話は別よ。念入りに可愛がってあげなくちゃ、ね」

その言葉に、アリスは衝撃を覚えた。

まさか自分と同類のような存在が、幽神霊廟に眠っているとは思ってもみなかった。

「炎の魔女……！　権能を与えられたってことは聖女と同じですよね？　何か違いがある

んですか?」

「聖女ってなんかイヤじゃない。無駄に行儀良い振る舞いとか求められるし、別に清廉潔白でもなんでもないし」

「あ、自称ですか」

「べ、別にいいでしょ！　ともかく！　あたしに願いがあるなら地下20階層まで来てあたしを倒すこと！　良いわね！」

ランダはどこか中二病の気配があるなと思いつつ、なんとなく親近感を覚えていた。恐れおののけとばかりの振る舞いをしているが、こんな場所で長い眠りについていたことを思えばきっと訳ありだろうと、アリスはしみじみとランダに慈しみを感じていた。

「な、なによその目！　そんな目で見るんじゃないわよ！」

ランダがぷんすかと怒るが、それもまた可愛いものだなとアリスは微笑ましい気分がますます高まる。

するとそこに、誠が口を挟んだ。

「あの、ランダさん。配信機材に熱を当てられるとよくないので、もうちょっと下げてもらえると」

「あ、あら、失礼。魔道具が壊れたら大変だものね」

「それと、お手伝いしてもらえるということでよろしいですか？　今壊したワイングラスの代金は報酬から差し引く、ということで。それとも今この場で現金でお支払いしますか？」

「あっ」

ランダは、自分の手からぽたぽたと滴り落ちる液状のガラスを見つめた。

修理できないのはもちろんのこと、床に敷いた絨毯《じゅうたん》を焦がすなど被害が拡大している。

「……ここでの喧嘩《けんか》は控えてね？」

「あ、はい、ごめんなさい」

ランダは数百年ぶりに目覚めて始めて怒られ、ちょっと凹《へこ》んだ。

「やーいやーい、怒られてやんの」

「こら！　あなたも似たようなことやったでしょうが！　被害だってもっと大きかったですし！」

「だってあれは行き違いだもーん。わざとじゃないもーん」

スプリガンがくすくすと笑い、そこにアリスがまた怒った。

空気がどこか弛緩《しかん》したあたりで、誠が改めてランダに話しかける。

「ごめん、怖がらせたいわけじゃないんだ。ただ、ここはアリスの大事な場所だから喧嘩しないでもらえると助かる。普通に遊びに来てくれたら、料理くらいいつでも出すよ。ついでに配信を手伝ってくれたら、お礼に気に入ったお酒を渡すとかもできるし」

「なっ、なによ！　別にショック受けたとかじゃないんだからね！」

ランダはきっと悔しげに誠を睨む。

「……で、でも、グラス壊したのは、うん、ごめんなさい」

だが、実力行使に出る気配もない。

ランダはどうにも斜に構えきれない少女のようだった。

こうしてランダが仲間になった。

■行き倒れを拾ってみた
／フォロワー数：156435人　累計good評価：5300656pt

画面の中で、アリスとランダが激しい攻防を繰り広げている。

これは、『アリスの幽神霊廟20階層、攻略生配信』の振り返り動画であった。

『憎悪の炎よ！　己を産み落とした者を抱きしめ愛を貪れ！【呪炎抱擁】！』

凄《すさ》まじい勢いでアリスの足元から炎が立ち上った。

そして炎が蛇のような姿を象《かたど》ったかと思えば、とぐろを巻いてぎりぎりとアリスを締め上げようとする。

だがアリスはマントや鎧《よろい》に魔力を帯びさせて炎と圧力を完全に防ぎ切る。ぶすぶすと周囲の石畳さえ焦げているというのに、アリスには傷一つない。

『なんの！　この程度で私を拘束できるとは思わないことですね！』

アリスが、力任せに蛇を引き千切った。

その瞬間のコメント欄は凄まじい有様だった。『そこは頭脳プレイで脱出するところでは』、『うちにはフォークリフトはいらねえな。アリスさんがいる』、『腕力何トンあるんですか』と、アリスの超人的なパワーにドン引きしつつ称賛している。

アリスはその称賛に応えるように、聖剣ピザカッターを振りかぶり、一足飛びにランダに襲いかかった。

『とやーっ！　ていうか格好良いですねその技名！』

『元々そういう名前なのよ！　あんたこそその馬鹿力以外になんかないわけ！　ぐっ……！』

『技名募集中です！　コメント欄に何か書いてください！』

『視聴者に向かって話してるんじゃないわよ！』

そしてまた生配信時のコメントやスターパレードチャットが画面に表示される。『ハンドレットアリスパワー』、『暴力の国のアリス』、『アリス羅漢拳』、『アリス示現流』などなど、少々失礼なコメントが怒濤《どとう》のごとく流れてくる。

「なんでパワー系ワードばかり投稿されるんですか！　そりゃ私は近距離パワー型ですよ！　でも女性に対して言って良いことと悪いことがありますよ！」

その振り返りの内容を誠《まこと》と一緒に確認していたアリスは、当然怒った。

「ま、まあまあ。こういう瞬間的なノリで悪ふざけコメント出す人は多いんだ……。ただ、視聴者側から連呼されるとちょっと聞いてる方としては辛《つら》いのもわかる。霊廟《れいびょう》探索以外の、普通の動画も投稿してイメージ修正していこうか……」

「それは嬉しいですけど、できますかね……？」

「流れを止めることそのものはできないけど、別のイメージを付与していくことはできる。

キャラクターイメージは足し算だよ」

「例えばカワイイ系のキャラ作りをしてファンが増えたとして、パワー特化の私が好きな人と衝突することになるのでは」

「カワイイ特化アリスvsパワー特化アリスは正直ちょっと見てみたい」

「マコト、真面目に考えてくださいよぉ……っと、そろそろ動画は終わりですね」

アリスと誠が話をしているうちに、動画は終わりを迎えた。

結果としてはアリスの勝利ではあった。激戦を繰り広げている最中に、ランダが唐突に『あたしの負け。降参するわ』と言って試合放棄したからだ。

本人は魔力が切れたと述べており、確かにランダの動きは途中から精彩を欠いていたように映った。視聴者たちも『これ以上戦ったらお互いに只《ただ》では済まないだろう』というコメントを書き込んでいる。

こうしてランダを倒したアリスは21階層へ進む権利を得たと同時に、ランダは以後も動画スタッフとして正式に仲間入りすることとなった。

だがアリスはどこか疑いを持っていた。

あれはまだランダの本気には程遠いのではないか、と。

「……まだ何か隠しているような気がするんです」

「それは確かに。まだちょっと警戒しておいた方がよいのかもね」

誠の言葉に、アリスは驚きを覚えた。

確かに言わんとするところはアリスもわかるが、何かランダに対して敵意や害意があるとまでは思っていなかった。

「……マコトさん、ランダにはけっこう塩対応ですね？」

「え、そ、そうかな？」

「マコトさんは何か嫌な印象とかありました？」

アリスの問いかけに、誠は憮然《ぶぜん》として答えた。

「嫌な印象って、そりゃそうだよ。アリスのことをゴキブリみたいとか露骨に悪く言われたら俺だって気分悪いさ。それにアリスが気に入ってた絨毯も焦げたし」

自分のために怒ってくれたという答えに、アリスは妙な気恥ずかしさを覚えた。

動画スタッフとしての誠はアリスに面白さを求めてくるが、こうしたプライベートなやり取りだと当たり前のようにアリスを女の子扱いしてくる。

それは同情なのだろうか。愛なのだろうか。

「俺自身はケンカなんてろくにしたことないし、仮にあってもアリスを庇《かば》えるほど強くないけどさ。だとしてもあんなこと言われて『鏡』の奥の方で引っ込んでるのは……なんか嫌だよ」

「……嬉《うれ》しいです」

アリスはほんのちょっと、１％くらいの気持ちだけ、『鏡』があってよかったと思った。明確な答えのない曖昧な幸福を一瞬でも引き伸ばしてくれる盾だからだ。

どうしてマコトはそんなにも優しくしてくれるのですか、それはもしかして、愛ですかという決定的な問いかけを出すのを阻んでくれる障壁だからだ。

そして残り99％は、「この世界と地球を阻む壁を腕力でブチ壊せたらなぁ」と思った。

「で、でもマコト。そこで怒ってくれるなら近距離パワー扱いされることにも怒ってください」

「……善処します」

「そこはちゃんと目を合わせて言ってくださいー！」

「だ、大丈夫だって！　霊廟攻略以外の日常系の動画も色々と撮ってるし、これからどんどん放出していこう。今までと違うアリス魅力に刺さる人はきっと出てくる。今やフォロワーも15万だし、『戦ってないときのアリスが好き』って人も増えてくはずだ」

「まあ確かに……動画のアクセス数も満遍なく伸びてますからね」

現状の『聖女アリスの生配信』のフォロワー数はランダとの出会いを切っ掛けにさらに伸び、15万人に到達した。

動画の投稿頻度としては1日に1本。基本的に5分程度の短い動画を投稿しつつも、ときどき20分程度の見応えのある動画を制作している。そして土曜日には定期生配信をする、

るところが大きい。

コンスタントに活動してフォロワーを更に増やすことができたのは、スタッフ拡充によるところが大きい。

今まではアリスが配信そのものや撮影、つまりは現場作業全般を担当し、そして誠が編集やサムネ制作、宣伝など事務作業のすべてを担当するという分担だった。

しかし現在では翔子《しょうこ》、スプリガン、ガーゴイル、更にはランダという4人の動画スタッフが増えて撮影の効率はどんどん上がった。

スプリガンなどデジモノの扱いをアリス以上に習熟し、今やパソコンでの編集作業を習うまでになっている。

だが動画をコンスタントに投稿してチャンネル規模を大きくするのは、あくまで手段に過ぎない。それによって運営から与えられるものこそ、アリスと誠の目的であった。

「それに、配信による成果もちゃんと出てる」

「成果？」

アリスがおうむ返しに尋ねた。

「まず、こないだ収益化申請が通ったわけだけど……ようやく『動画配信者になろう』からの入金が来る」

「ええっ！　本当ですか！」

その言葉を聞いて、アリスから悩みが一瞬吹き飛んだ。

純粋にお金が欲しい……という理由もあったが、今までアリスはずっと悩んでいた。生活のすべてを誠に整えてもらっておきながら、金銭などの具体的な形でのお返しができずにいた。

だがこれからは違う。

自分を助けてくれた人と、手を取り合って生きていくことができる。

「で、今月末の入金額がこちら」

誠は、Ａ４サイズの紙をアリスに渡した。

そこには１ヶ月分の動画の再生時間や発生した報酬金額が書かれている。

「えーと……５６２円、ですか……」

「うん」

「うそ……私の動画広告収益、これだけ……？」

「うん」

アリスは、自分の口を抑えて目を見開いて驚いていた。

だがすぐに真剣な顔つきとなり、しずしずと正座して頭を下げた。

「マコト。本当にお世話になりました。１ヶ月分で一宿一飯の対価にもならないのでは恩を返すなど夢のまた夢。このままおめおめと生き続けることはできません。せめて一太刀、幽神に浴びせて華々しく散ってアクセス数を稼ごうかと……」

「いや待って待って！　ちょうど収益化したタイミングと料金計算の締め切り日が被《かぶ》っちゃったから、数十分単位の収益しか反映されてないだけだ！」

「え？」

「あと決死の特攻とか動画アップしたらセンシティブ判定されて収益化取り消しされると思う。ていうか現状でもかなりギリギリのラインだと思う」

「あ、はい」

「いいかアリス。これから投稿する動画の再生時間全部がカウントされる。てか、スパチャとか投げ銭の金額覚えてるでしょ。何割かは運営に徴収されるにしても、これっぽっちのはずがないだろ？」

「あっ、忘れてました」

「来月は10倍や20倍どころじゃないよ」

「……具体的には、おいくらくらい？」

アリスが、へにゃりと表情を緩めながら誠に尋ねた。

「この再生数の伸び率を考えたら……広告報酬だけで30万は手堅いんじゃないかな。スパチャを含めたらもっと増える。再来月はそこから更に2倍3倍になる可能性だってある。もちろん動画投稿をコンスタントに続ければ、の話だけど」

「……本当に？」

「本当に」

アリスはようやく正気を取り戻し、誠《まこと》から渡された資料を冷静に読み解き始めた。

そこに記載されている数字は確かに、誠の言うことを裏付けているものであった。アクセス数がどれくらいのものか。動画の再生時間の合計や平均。投げ銭してくれた総額とアカウント名の一覧。一つの動画でどれくらいの報酬が発生しているか。どのデータも右肩上がりで推移している。間違いなく収益は伸びるとアリスも納得せざるをえなかった。

「マコト」

「どうした、アリス？」

「562円で注文できるレストランのメニューはなんですか？」

「んん？　そうだな……。ソフトドリンク、グラスワイン、フライ盛り合わせとか……」

「ではフライ盛り合わせを所望します、シェフ」

誠はきょとんとした顔をしていたが、すぐにアリスの意を組んでにこやかに微笑《ほほえ》んだ。

「少々お待ちを。お客様」

「フォークは二つお願いしますね」

「ちなみに今はハッピーアワーで、グラスワイン無料となっております」

「ではそれも！」

こうして、アリスと誠はささやかに収益化を祝った。

ちなみに現時点での報酬額562円は実のところ「暫定的な金額」でしかない。広告主が最終的に決定する金額とは微妙なズレが起きてフライ盛り合わせの単価以下の515円になってしまい、二人は入金通知を見て苦笑するのであった。

◆

動画チャンネル『聖女アリスの生配信』はますますSNSやニュースによって周知されて名前が売れ、勢いに乗って動画をどんどん投稿した。

だが、何故《なぜ》かフォロワーの伸びは鈍化していった。少し前までは1日あたり5千人や1万人増えるのもざらであったが、15万人を突破したあたりから1日あたり千人程度しか増加しなくなってしまった。

「うーん、現時点で悪い状態ではありませんけど、なんででしょうね？」

アリスは、皿に盛られたフライドポテトや唐揚げを割り箸で食べながらタブレットを眺めていた。誠や翔子、そしてスプリガンとガーゴイル、ランダも寛《くつろ》ぎながら各々の端末の画面を眺めている。

なお、ランダの人の良さに翔子はすぐに気付いて、すっかり打ち解けていた。

ランダとガーゴイルはすでに親しい知り合いのようで、「久しいの」、「あらあんたもいたの」だけで通じ合っている様子だった。

そんな風に集まった動画制作スタッフ全員が見ているのは、動画チャンネルのアクセス解析の画面だ。動画ごとのアクセスの内訳や、アクセスの多い時間帯、そしてフォロワー数の変化などが表示されている。

「それは確かに俺も思っていた。まあ原因はなんとなくわかるけど。あ、スパイス塩かけると美味《おい》しいよ」

誠が出した小皿には、赤々とした粉末が盛られていた。これは塩と香辛料……カレーに使われるクミンやカイエンペッパー、あるいはガーリックパウダーなどの粉末を独自の配分で混ぜ合わせたスパイス塩だ。

アリスは、唐揚げにスパイス塩をまぶして食べると嬉しそうに顔をほころばせた。

「あ、これ止まらないやつですね……。って、いやいや、ダメです。このままだとお酒が入ってぐだぐだになります。こないだもそんな感じだったじゃないですか」

「そうだそうだー。だから僕にちょうだい」

「全部あげるわけないでしょう！」

「あなたたち、もっと優雅に楽しんだらどうなの？」

「ランダ、あなたこそお酒を独り占めしないでください。手酌で何杯呑《の》んでるんですか」

スプリガンが皿ごと持っていこうとしてアリスに止められたり、その隙にランダが缶ビールをこっそり独占したりしている。

こうして守護精霊たちが遊びに来ているので、誠はその度にお菓子や料理などをあげつつ雑談やゲームに興じたり、動画撮影に誘ったりしていた。

「ともかく、動画視聴者に不満みたいなものは貯《た》まってるとは思う。アリス、これを見てくれ」

「……なるほど、確かに」

動画のコメント欄には様々な質問が投稿されていた。

それに対して誠とアリスは新たな動画で回答してはいるが、その内容に満足していない視聴者が多い。「アリスの住む世界はどんな世界で、どこにあるのか」が視聴者からの一番の疑問だが、それを一言で答える術《すべ》がない。

「どうしましょうね……？」

「まずいのは『一切答えません』というスタンスを継続することかな。これだといつか飽きられちゃうと思う」

「ええっ、そ、それは困ります！」

アリスが血相を変えて叫ぶが、誠にどうどうと宥《なだ》められる。

「俺たちはなにも、秘密にしたくて秘密にしてるんじゃないってことを知ってもらう必要がある」

「しかし、私たちの能力ではそちらの世界の学者先生を納得させるほどの調査ができるかどうか……」

「確かにそれはある。だから、できる範囲でやっていこう。例えばこれとか」

アリスは、誠に示された動画のコメントの一つに注目した。

「なるほど……『そちらの空気や砂が欲しい』はできそうですね」

「ああ。しかもこれ、大学勤めの学者さんだ。学識の高い人の要望は具体的だし、これを企画として採用するなら他の人も納得する。他にも、俺たちでできそうな調査は色々ある」

「これなんかどうだい？　『霊廟《れいびょう》の全体像を撮影して欲しい』とか。ついでに色んな角度から写真を取って、それをもとに3Dモデル作ってみようよ。そうすれば霊廟全体の大きさもざっくり把握できるよ」

翔子《しょうこ》が言うと、スプリガンが食いついてきた。

「え、マジで！　それ見たいなー！　それじゃ僕の鎧《よろい》とかも3Dで作れるの!?」

「あそこまで細かすぎる形状のものは写真取ってハイおしまいってわけにはいかないだろうけど、プロに素材渡してお願いすればできるんじゃないかい？」

「いいなーそれ。ボクそれ使ってVtuberやりたい」

「いや、そのまま鎧を着て配信すればいいじゃないですか」

そんなアリスのツッコミなど、スプリガンはまるで聞いていなかった。

アリスは溜《た》め息《いき》をつきつつ、ふと疑問を口にした。

「でも、霊廟の全体像とか、こちらの土とか、そんなに気になるものでしょうか？　そちらの世界のドラマやスポーツ、グルメなどより熱くなってる人が多そうで、ちょっとびっくりしますね」

「ああ、それは同感ね。こんなつまんない世界の何が良いのかしら？」

アリスは首をかしげて疑問を口にし、ランダもそれに同意した。

二人とも、コメント欄の質問の怒濤《どとう》の勢いにちょっと引き気味だった。

「やっぱり、未知の世界があるってのは夢があるからなぁ。それにみんな、遠出とか旅とかを我慢してるからね」

「あ、そうか。疫病が流行《はや》ってるわけですしね……。そういうことならば、地球のみなさんのかわりに冒険するのもやぶさかではありません。みなさん、喜んでくれるといいですね」

「ああ。少なくとも俺は見てて痛快だし楽しいよ。視聴者のみんな、そうだと思うよ」

アリスが嬉《うれ》しそうに呟《つぶや》き、誠も頷《うなず》いた。

だがそのとき、翔子が悩ましげな言葉を漏らした。

「……しかし、勝手にそういうことやっていいのかい？　ここって幽神様のお墓なんだろう？　家の写真を勝手に取ったらトラブルになることもあるし、無許可でやっていいのかね？」

翔子の疑問に、スプリガン、ランダ、ガーゴイルはむしろ不思議そうに言葉を返した。

「ん？　別にいいんじゃないの？　てかなにか問題あるの？」

「ここは来る者拒まずよ。異界の邪神の力を使って侵攻するならともかく、人が人の生み出した力で分析したり攻略するのはごく自然なこと。霊廟の方こそ人の力を受け止める義務があるわけ」

「うむ、そういうことじゃな。物騒なことを考えるならともかく、戦争しかけるつもりでもないんじゃろ」

三者の言葉に、アリスと誠はほっと胸をなでおろした。

「物騒なことはしないって。ただこっち側の世界にとって、そっちは不思議なものばっかりなわけだよ。視聴者はただ映像を見たいだけじゃない。知的好奇心を満たしたいんだ」

「そっちの世界の方が刺激あって面白そうだけどねー。ゲームやるだけで100年くらい時間潰せそうだし、漫画もたくさんあるし」

スプリガンのお気楽な言葉に、アリスが少しばかり眉を顰《ひそ》めた。

「スプリガン。借りるならばちゃんと本棚に戻しなさい」

「わかったよママ」

「ママじゃありません！　ともかく霊廟を調べることは問題なさそうですし、次は霊廟の次のステージに進む前に周辺調査ですね」

アリスが恥ずかしそうに咳払《せきばら》いしつつ話をまとめた。

こうしてアリスは、「魔物を倒す冒険」ではなく、「科学的な調査をするための冒険」をすることになった。

◆

えー、今私たちは霊廟の中ではなく外に来ています。

今日の天気は曇りのため、キラキラした砂の照り返しは穏やかな方ですね。

ほどほどにカメラ映りもよく、絶好の撮影日和となりました。

「しまっていこー！　おー！」

で、スプリガンも一緒です。

鎧の修理が間に合ったので、最初のときのいかつい外見が戻っています。

ノリは軽いままですが。

「あ、口調戻す？」

ワザとらしいからいいです。

「だよねー。で、どーするの？」

とりあえず、カメラ回して、動画と静画どっちも録《と》りながら1周ぐるっと回ります。

それが終わったら上空ですね。

「あ、空撮いいねぇ！　ドローン飛ばすの!?」

別にドローン飛ばさなくても魔法使えば飛べますよ。

今けっこう魔力溜まってますから。

「えー、ロマンがないよ。時代は今やロボットだよ」

いや、空飛んでくれってお願いの方が多いんですよ。

「ぶーぶー、まあいいけど」

はいはい、時間ないんで出発しますよ。天気が変わったら撮影できませんし。

「へいへーい」

へいは1回。

「へい！」

◆

撮影は順調に進んだ。

道中、クリスタルスパイダーが襲いかかってくるというトラブルはあったが、スプリガンが『鎧の状態を試したい』と言って積極的に狩ってくれた。いい絵が撮れたとアリスはほくそ笑みながらカメラを回し続けた。

そして1周ぐるっと回った後、今度は霊廟の屋根へ向かっているところだった。

「ところでアリス、なんでセミの幼虫みたいに柱に捕まってるの？」

「いや、風が予想外に強くてバランスが取りにくくて……【浮遊】の魔法、そんなに得意じゃないですし……。ちょっと5分休みます」

「いやそうじゃなくて、職員用の非常階段を使えばいいんじゃないかなって。1階層の奥の方に実は隠し扉があるんだよね。あとは飛ぶ瞬間と着地する瞬間を上手《うま》く編集して、ずっと空を飛んだように見せかければいいんじゃないかな」

「早く言いなさいそういうことは！」

アリスはすでに柱の7割ほど登り終えており、階段を使うのは諦めてそのまま登りきった。

屋根は、地球で言うところのローマ神殿に似ていた。日本の屋敷などよりもゆるやかな傾斜が左右対称についている。そこでアリスとスプリガンは、屋根のへりに腰を下ろした。

「うーん……相変わらず目が痛くなるような砂漠ですね」

「地球の人、喜ぶかなー？　ニンゲンのいない景色は寂しいし、向こうの世界の方が面白いのたくさんあると思うんだけど」

「私もそう思います」

この世界は寂しい。

アリスは常々そう思っている。ここに来るまでの牢獄《ろうごく》生活が最悪だったとか、国家元首がクソみたいだという理由だけではない。なんとなく、滅びの空気がある。

今まではどこもそんなものだろうと思っていたが、ここではない別の世界を見て寂しさを強く感じるようになった。それはどうやら、スプリガンも同じらしい。

「ここに現れるのは魔物ばかりですしね」

「ニンゲンなんてここに来るのだって大変だしねー。……あれ？」

唐突にスプリガンが目を凝らし、遠くを見つめた。

「なにかありました？」

「うーん……なんか変なのがいる」

「変なの？」

つられてアリスも、スプリガンが見てる方に目を凝らした。

確かに、なにかがある。

クリスタルスパイダーが集まり始めている。すでに倒された個体もいれば、わしゃわしゃと攻撃を仕掛けている個体もいる。細部までは見えないが、クリスタルスパイダーにとっての外敵がいることを意味している。

「あれってもしかして」

「……人間、みたいですね。行きましょう！　あ、カメラよろしく！」

「え、撮影すんの!?」

アリスは、屋根から飛び降りて数十メートルの高さを難なく着地した。

そして一目散に駆け出す。

（もしかして、私と同じような追放刑を受けた者が……！）

アリスは、ぐんぐんと速度を上げていく。

現在アリスのチャンネルフォロワー数は15万6435人。

すでにアリスは、魔王との戦争のときの自身と同等の力を取り戻していた。

10トントラックが高速道路を爆走するが勢いで砂漠を駆け抜けていく。

「そこのあなた！　諦めてはなりません！」

アリスは、人影が見えたあたりで叫び声を上げた。

そこにいたのは、ローブを纏《まと》った女性が一人だ。この軽装でよくここまで来たものだと感心しつつも、アリスは襲いかかってくるクリスタルスパイダーに魔法の火を放ち、そして剣で斬り裂いた。10匹以上の蜘蛛《くも》を倒すのに、ものの5分とかからなかった。

アリスは呼吸を整え、汗を拭ってローブの女性に語りかけた。

「お怪我《けが》はありませんか？」

だが、予想外のことが起きた。

女性はアリスの方へ近寄ったかと思うと、震えながらアリスの手を取る。

「あ、あの、ご婦人……？」

「ああ、生きていたのですね……本当に、本当によかった……！」

アリスはその声に衝撃を覚えた。

それは、アリスがこの10年間、何度となく聞いた懐かしい声であった。

「その声は、セリーヌ……！」

「ええ、そうですアリス！　わたくしです……！」

ローブのフードを払うと、そこにあったのは長い黒髪の麗しい女性であった。

背は高く、だが腕や腰はたおやかだ。

小麦色の肌は滑らかで、過酷な旅をしていてなお消えない気品がある。

もうとっくに死んだのだろうと思っていた、アリスの大切な師匠であり親友の声。

彼女が、『地の聖女』セリーヌであった。

もうちょっと、こう、肉体派ではない動画や配信をやりたい。

小さいようで切実な悩みをアリスは吐露した。

「……確かに、キャラが固まりすぎるのもよくないよな」

いつもの部屋、いつものテーブルで誠《まこと》が静かに頷《うなず》く。

「そうですそうです！　もう少し私の魅力を日本の視聴者に訴えかけるような素敵なコンテンツをですね、やってみたいなって思いまして」

「でも、どういう魅力を出していきたいの？」

誠の問いに、うっとアリスは呻《うめ》いた。

自分の魅力とはなんだと改めて聞かれると流石《さすが》に恥ずかしい。

しかも自分を助けてくれた男性に、一対一で面と向かって言うのは尚更《なおさら》だ。

「そ、それはぁ……私の口から言うのも……。マコトは、な、何かあると思いますか？」

「可愛《かわい》いところ。優しいところ。物を大事にするところ。何食べても嬉《うれ》しそうなところ。疑問質問を素直に聞いてくれるから打ち合わせしやすいところ」

「あっ、は、はい……」

ストレートに長所を並べ立てられるとは思わず、アリスは頬を赤く染めた。

「リアクションが突飛で見てて面白いところ。体験談にパワーと説得力があるところ……」

「はい……はい？」

が、雲行きがどこか怪しくなってきた。

「それらを活かすとなると……」

「いや、後半は活《い》かさなくていいんですが」

アリスのツッコミをスルーして、誠は一つの答えを生み出した。

「雑談だね」

◆

えー、今晩もやってまいりました。

毎度おなじみ、『居酒屋アリス』ですね。女将《おかみ》にして聖女のアリスでございます。

美味《おい》しいお酒を飲んだり、雑談したり、あるいは視聴者のみなさんのご相談やお悩みを聞いてあげたりするよろずなんでもコーナーです。

『初回コンテンツじゃん!?』

『見逃した回があるかと思ってビビったわ』

いやだって、こういうのって百回とか二百回とか続けて「いつもの」感が出てようやく本番ってところあるじゃないですか。

そんな感じで、雑に、そして気楽にやっていきたいなと思います。

みなさんもお好きに飲んだり食べたりしながら視聴してくれると嬉しいです。

『おビール様の時間だ！』

『酒飲めないのでお菓子食べます』

『アリスは何飲むの？』

今日はビールですね。ビールっていうか発泡酒です。

『もっといい酒飲めるやろ！』

いいんですぅー！

それに発泡酒は発泡酒で悪くないと思うんですよね。

お酒を主役にして、濃い味付けの酒の肴《さかな》をちょいちょい摘《つ》まむように食べるのも凄《すご》く幸せなんですが、料理主体の席なら発泡酒の存在感の薄さが生きてくるっていうか……。

『飲み方や食べ方が慣れすぎてるんだよなぁ』

『ここ一か月くらいで、そこらの日本人より食通になってるじゃん』

『カツオのタタキにさえビビりまくってたあの頃のアリスはどこへ行ったの』

どこにも行ってませんが!?

私は元々、魚料理を食べる習慣があんまりなかったんですよ。でも料理って認識しちゃうともうダメですね。レモン搾った生ガキとか大好きです。

『そろそろ美食家を名乗ろう』

名誉なのか不名誉なのかわかりませんねそれ……。

てかそんなことよりもっと純粋に酒と料理を楽しみましょう!

じゃじゃーん!　焼き鳥盛り合わせでーす!

タレと塩と、ちょっとオシャレにスパイスパウダーとかも付けてます。

居酒屋っぽい気楽な雰囲気でやっていきますので、今宵《こよい》は楽しみましょう!

『本当に異世界の聖女様なのか悩むくらい地球や日本の文化に馴染《なじ》んでる』

『新橋の屋台とか浅草の飲み屋にいても不思議ではない』

もうちょっとオシャレなところでたとえてください!

ていうか新橋も浅草も行きたいんですからね!

ここだってみなさんのスパチャや通販サイトのプレゼントリストのおかげで非常に素敵な住環境になりつつはあるのですが、東京遊びに行きたいなー。

『大規模オフとかやってよ』

やりたいですよねーほんと。

……って、違う違う。私じゃなくて視聴者の話を聞きたいんです！

みなさん、何か私に相談してみたいこととかありませんか？

会社から砂漠のど真ん中の迷宮を攻略してこいと言われたとか。

軍隊で最前線の最前列を一人で歩けと言われたとか。

そろそろ結婚したいなーとか。

『ヘヴィな悩みと思ったらいきなりレベルが下がったな』
レ、レベル低くないです！
どれも人生の大いなる悩みですし！

『むしろアリスの武勇伝を聞きたい』

うーん、武勇伝ですか？

従軍してた頃の話はちょっとドン引きされそうだしなー。

そのうちファンクラブ限定コンテンツとかで闇を発露したいのでここでは伏せます。

ユニークネームがついた魔物の討伐とか、そういう話題はどうです？

『そういうのいるの!?』

え？　そりゃいますよ。

私が初めて出会ったのは、確か五年前……。魔王との戦争が一時的な休戦状態になって、少し暇ができたので諸国行脚をした時期がありました。

そんな折、首狩り草原に現れる魔物に凄腕の冒険者たちが惨殺されていくという事件が起きて、私が調査することになったんです。

『いきなりやべー話が始まった』

『首狩り草原ってなんだよ』

人食いカラスの巣があるからそう名付けられたそうです。なんでも貴金属……特にネックレスが好きなカラスで、人間の首ごとブツッともぎとっていくんだとか。

『ダイナミックすぎんだろ！』

しかも私が出会ったユニークネーム持ちの人食いカラス……通称『赤クチバシ』は強敵でした。翼を広げたときの横の長さが、そちらの世界で言うところのバスやトラックくらいあったでしょうか。奴《やつ》との死闘は三日三晩続いて……。

◆

その後、アリスは武勇伝を語り、あるいは兵士仲間と交わした笑い話を語り、貴族や王族のスキャンダルを語り、配信は大いに盛り上がった。剣と魔法の世界ならではの物騒な話もあれば、人情味溢《あふ》れる話もあり、視聴者たちは茶々や合いの手を入れながらアリスの話に耳を傾けた。

が、そんな雑談が三時間ほど過ぎたあたりでアリスはしたたかに酔った。

『完全に寝ちゃってる』

『スタッフがマジックハンド使って起こそうとしてるけど全然起きない』

『寝顔助かる』

チャット欄にアリスを起こそうとメッセージが書き込まれるが、アリスはテーブルに突っ伏して少々大きな寝息を立てながら心地よさそうに寝ているだけだ。

誠も、アリスが変な寝言を言わないうちに配信を切るべきか、続けるべきか迷った。

こんな自然体の姿もアリスの魅力だしな、と。

丁度そんなときだった。

「ちょっとアリス。お酒分けてくれな……あれ？」

ランダが遊びに来た。

『あっ、赤髪の幽霊ちゃんだ。こないだは戦闘お疲れさまでした』

『てか普通に家に来るくらい仲がいいんだ』

ランダの突然の来訪に、視聴者が喜びチャット欄にメッセージを投稿する。

ランダはすぐに察した。

アリスが配信中に酔っぱらって寝落ちしているという状況を。

ランダは内緒とばかりに口に人差し指を当て、未開封の酒瓶一本と、手付かずの焼き鳥を手に取った。ついでとばかりに保存食の缶詰を手に取る。

配信中のために誠は注意も制止もできず、やれやれと苦笑する。

『自然な流れで酒をかっぱらってったw』

『スタイリッシュ盗み食いだ』

そんな煽《あお》りをランダは目ざとく見つけて、子供っぽいあっかんべえをする。

「配信に出演してあげたんだから、これは出演料よ。あとあんたたち、いつまでも幽霊とか呼ばないで。名前はあるんだからね」

ランダはそう言って、アリスの部屋に転がっているペンを取ってアリスの額にメッセージを書き込んだ。

魔女ランダ、と。

「じゃ、またね。女の寝顔を見たけりゃ彼女とか嫁とか作りなさい」

そしてランダは、カメラとパソコンを繋《つな》げる端子を外した。

誠もあきらめて、配信終了のボタンを押す。

こうしてアリスのチャンネルに爆笑伝説が増えた。

切り抜き動画が作られてまたしてもバズり、アリスの力となっていくのだった。

あとがき

この度は本書「バズれアリス1　【追放聖女】応援《いいね》や祈り《スパチャ》が力になるので動画配信やってみます！【異世界⇒日本】」を手に取って頂き、誠にありがとうございます。

さて、本書の作中時間は2020年となっています。アラフォーおじさんの私にとっては3年前などつい先々週くらいの感覚なのですが、本書を手に取る若者にとっての3年前とは、まさしく3年も昔の話のはずです。

おじさんは……ではなく人間は、歳《とし》を重ねるほど時代の移り変わりに疎くなるものです。今時、携帯電話とは即《すなわ》ちスマホですが、私はガラケーやPHS通称ピッチこそが携帯電話だった時代の記憶も未《いま》だに生々しく覚えています。私は中折れケータイ派でした。

そしてスマホという言葉もやがてはガラケーやPHS同様、昔のものとなる日が来るでしょう。特に技術系の略語や家電の総称などは変遷が激しいものですから。

いずれは過去となる言葉や時事用語を、本作は存分に利用しています。数年後の読者にとっては少々わかりにくいところもあるでしょう。本が本として未来にも残る重みを考えれば配慮すべきだったかもしれません。ですが本作はライトなノベルです。現代の読者が、今この瞬間楽しんでもらえたなら、それが私の幸せです。

2023年3月　富士　伸太

OVERLAP

バズれアリス 1
【追放聖女】応援《いいね》や祈り《スパチャ》が力になるので動画配信やってみます！【異世界⇒日本】

発　　行　2023年4月25日　初版第一刷発行

著　　者　富士伸太
発 行 者　永田勝治
発 行 所　株式会社オーバーラップ
〒141-0031　東京都品川区西五反田 8-1-5
校正・DTP　株式会社鷗来堂
印刷・製本　大日本印刷株式会社

Printed in Japan　ISBN 978-4-8240-0463-5 C0193